Tais-toi et brille !

estampes occidentales

Solène

Tais-toi et brille !

estampes occidentales

© 2024, Solène Laurenceau

Édition : BoD – Books on Demand, info@bod.fr
Impression : BoD – Books on Demand, In de Tarpen 42, Norderstedt (Allemagne)
Impression à la demande
ISBN : 978-2-3225-0371-1

Dépôt légal : Avril 2024

✦

« Soupçon !? Tu as dit soupçon ? Pourquoi crois-tu que je me sois escrimé durant toutes ces années à ton devant ? Juste pour faire joli ? Non, mais je rêve ! »

Sur ce, il se leva, claqua la porte et partit.

Pourquoi les enfants avaient-ils autant de rage, de haine, de torpeur ? Pourquoi les individus sont-ils si revendicateurs, aussi peu reconnaissants de tout ce qu'elle avait fait pour EUX ? Une mère, seule, esseulée par la vie, cueillie à la fleur de son âge, pourtant bien avancé, sans doute défraîchie, voilà tout ce qu'elle méritait d'être ! Seule. Pour l'éternité…

« Pourquoi dis-tu cela ? »

Une voix… insidieuse, certaine, claire, pourtant inconnue lui parlait au-dedans. Dedans comment ? Mon Dieu, décompensait-elle ? Elle savourait pleinement l'ineptie de la chose, la gravité sans doute, elle souriait au-dedans. Elle aimait même un peu cela. Aimer comment ? Oh et puis après tout, autant discuter dedans.

« Vous me disiez ? Plaît-il ?

– *Il nous plaît en effet de te voir sourire, retrouver la joie au cœur et les fleurs au bout des ondes. Je vois tes ondes délicieuses d'ailleurs, on en mangerait !*

– Point trop n'en faut ! Valorisant, vous pouvez l'être, très cher, mais faussaire, point du tout.

– *Le plus faussaire des deux, c'est toi qui nies m'entendre…*

– Et j'entendrais quoi à votre avis ? Quoi et d'où ?

– *Mais simplement de moi, de très proche et du dedans, car je suis relié à toi au-dedans. Je n'existe pas, là, mais je suis plus proche que tes propres enfants, qui de toute façon partiront.*

– C'est joyeux ce que vous me dites. Ton petit nom c'est quoi ? Monsieur, Madame ?

– *Rolf Von ! Ma voix douce peut faire les deux sauf que la dernière fois que je vins sur Terre, j'étais homme. Bel homme au demeurant, belle allure et très beau parleur.*

– Je vois…

– *Tu ne vois rien du tout, car si tu me voyais tu aurais plus de cœur à apprécier, je le sens bien ! Enfin… ce que je voulais dire, c'est que la communication était mon job préférentiel, il y a 6000 ans, après je me suis échappé de ma destinée pour mal tourner, mais j'ai su revenir au tout premier plan de ma réalisation. Tu vois ce que je veux dire.*

– Tu en as mis du temps !

– *Lol, plaisante autant que tu voudras, mais tu es plus gaie désormais qu'il y a un instant, avant de me rencontrer profondément.*

– Car c'est profond ?

– *C'est dedans. Tu l'as pensé toi-même.*

– Donc si je résume, tu es bel homme, profond dedans et prêt à tout pour me rendre la vie savoureuse, est-ce juste ?

– *C'est un bon résumé. Je vais t'accompagner dans les contrées lointaines de ton inconscient pour te guider au-dedans, vers de meilleurs auspices.*

– Auspices… de quelle utilité ?

– *Rencontres, saveurs, souvenirs inoubliables et aussi amour, bien entendu avec tout au-dedans, car sinon cela ne serait pas du vrai. Un amour peut se vivre avec la surface de la peau, le trésor des organes, mais plus en profondeur, il peut se respirer dedans. L'as-tu déjà ressenti ?*

– Clairement pas dans cette vie ! Les hommes ne furent que déceptions et bouches pâteuses au petit matin, odeurs nauséabondes et rechignant à la tâche lorsqu'il fallait s'occuper des enfants.

— *Quelle drôle d'image tu as reçue de leur passage. Sont-ils partis ?*

— A ton avis ! Pour d'autres hospices. Et moi, je patauge dans une belle fortune, beau job, mais pas d'amour dedans, pas grand-chose à offrir si personne ne peut le savourer et surtout si mon fils sort si fâché. Pourquoi est-il si compliqué ?

— *Ah… les HP ! Petits anges aux boucles d'or, puis démons à éduquer, une grande partie de plaisir après leurs 28 ans si tu as su les comprendre et bien les encadrer !*

— Bon alors : courage ma belle ! Il me reste environ 10 ans. Jason a perdu son père par manque d'investissement paternel, j'ai sans doute surinvesti à tort. Peut-être a-t-il raison, mais je ne savais pas que mon fils avait dû faire autant d'effort à mon devant…

— *Pas d'effort, mais il avait clairement l'envie de te plaire, ce qui est fort dommage pour son propre chemin. Cette extrême sensation d'injustice le poursuivra toute sa vie si tu ne lui apprends pas à séjourner au pays des enfants sages.*

— Tu as un ticket d'entrée ? Une pension alimentaire ? Des perfusions à profusion pour cette dimension rêvée ? Je te donne mon fils, si tu préfères investir à ma place !

— *Je ne puis accepter un tel cadeau, ton fils restera tien ! Même dans l'histoire de la Bible, Dieu ne demande pas de le donner. Quelle étrange femme tu es !*

— Pas si étrange que cela, si tu avais dû le nourrir comme je le fis.

— *Courage, je reviendrai !*

— Heho ? Allo ? Houlalahitou ? Bref... ma cervelle cessera de tourner dans le vide lorsqu'elle se sera occupée de tout ce qui lui reste à faire. Cet instant de poésie m'a fait du bien! Hop hop hop, c'est parti la musique ! »

Un doux chant mélodieux sortit de sa bouche, des sons étranges, rauques et doux à la fois, d'où cela pouvait-il provenir ? Chantonnant, elle fit ce que toutes les mères du monde tentent de faire courageusement. A savoir la vaisselle, le travail ménager, le reste des repas à proposer et un soupçon de ménage aussi. Le fameux soupçon dont il était question...

« Doudouce, douceur, mon cœur, c'est l'heure...
– Mmmrrr.
– Mais tu sais bien que c'est ainsi, je te câline un doux moment, ensuite tu souris et tu sors du lit. Ce n'était pas comme cela que tu avais prévu la vie avant de t'incarner ?
– J'avais oublié la mère dans le projet !
– Celle qui vous aiiiime, qui vous rappelle que votre goûter est prêt et que vos affaires sont repassées ?
– Celle qui nous gifle intérieurement lorsque l'on insulte son frangin et qui siffle au-dedans avec un regard méchant !
– Dedans. Dedans... dedans comment ? Explique-moi ? J'aime bien ton regard éveillé sur le monde et reconnaissant sur mon comportement de maman.
– Maman, je t'aime profondément, mais mes hormones étant saturées, je ne PEUX pas t'obéir maintenant ! Tu comprends, ça ?

– Et bien, je sais et c'est la raison pour laquelle j'essaie de t'aider.

– Plus tard, quand tu seras morte, on sera tellement heureux de te savoir reposée de nos aspérités de jeunesse. Maman, je t'aime. Laisse-moi dormir. Tu vieilliras moins vite !

– Oui, sauf que si je ne meurs pas de suite, tu auras suffisamment le temps de te préparer pour aller prendre ton bus. Que je t'aime ! Que je suis fière de toi !

– On se demande comment le moteur des mamans fonctionne, moins on les respecte, plus elles vous aiment, imposant une dictature solide contre la mansuétude et les affres des personnalités trop basses. Merci. Bisou, j'arrive.

– Enfin ! Je te désire en forme, mais tout de même ! Une dictature... »

« Non ! Je refuse de sortir d'ici tant que vous ne m'aurez pas dit pourquoi je suis virée, avec effet immédiat ! Qu'est-ce que c'est que ce cirque, cela fait 25 ans que je travaille ici, alors tout de même !

– Justement, c'est trop long, changez d'optique, modifiez votre point de vue et revenez sur vos méthodes de travail. C'est ainsi que je conçois la nouvelle réalité de l'entreprise et aussi celle de la vie.

– Et bien ils ne doivent pas s'ennuyer chez vous. Votre femme adhère ?

– Veuillez sortir de mon bureau !

– Veuillez me parler sur un autre ton !

– Sortez « très chère », mais sortez !

– Je vais simplement vous maudire jusqu'à mon dernier soupir, donc nous nous reverrons dans la vie future, soyez-en certain ! Les licenciements abusifs et non cordiaux doivent bien laisser une trace sur votre cahier des charges d'humain en incarnation. Je me réjouis de lire le vôtre, si j'arrive plus vite que vous au paradis !

Qui sait... je serai peut-être votre supérieur hiérarchique cette fois-ci. Je vous le ferai savoir !

Sur ce, elle claqua la porte et fila du plus rapide pas qu'elle n'ait jamais réussi à faire.

« *Vous ne seriez pas un peu trop expressifs dans votre famille ?*

– Plaît-il ? Monsieur me signifie des choses que je ne saurais penser ?

– *Mais non, ce n'est que moi. Rolf Von. Simplement moi, ébahi de sentir la colère monter en toi avec autant de puissance. Quelle femme ! Quelle hargne ! Quelle suite désastreuse en effet sur ton propre cahier des charges d'âme.*

– Oh ça va ! Ne reprends pas mes métaphores en plus !

– *Mais c'était très bon comme image, car il cogite, je le sens, lui si croyant, il culpabilise et va faire des neuvaines, des chapelets ou des assises longues et inconfortables devant son grand oratoire.*

– Je sens que ton humour va rejoindre le mien, si cela continue.

– *Pas fondamentalement, ce n'était pas drôle, factuel simplement.*

– Donc je résume, « simplement » est ton mot préféré.

– *Redondant et adéquat selon le discours, je dirais plutôt. Je ne l'ai dit que deux fois !*

– Avec toi, je ne vais pas m'ennuyer. Ton discours, alors, sur mon épiphénomène du jour ?

– *Raté. Tout bonnement raté. Énervement inutile, dégagement de forces néfaste, surrénales effondrées, cortisol délétère et neurones en ébullition pour toute la soirée, que dis-je pour les deux bonnes semaines prochaines, étant donné que tu as été virée.*

– Le résumé semble factuel, tu ne manques donc pas d'aplomb. Ni de vérité. Que vais-je faire de toi ?

– *Rien, c'est moi qui devrais plutôt me poser la question ! Vais-je poursuivre ton complot intérieur, enfin plutôt ton discours intérieur pour mener une vie plus douce avec des neurones plus en adéquation avec ta vibration enchanteresse ou espacer mes visites, histoire de te laisser en paix et en rumination tranquille. C'est un vrai dilemme de maître, car ma responsabilité est moindre, mais ton dégagement vibratoire est gigantesque et peu attrayant, c'est dommage.*

– Responsabilité propre à chacun ?

– *Certes, tu le sais depuis longtemps.*

– Mes enfants aussi ?

– *Selon l'âge, pas encore... Toi, pleinement !*

– Tu plaisantes, j'espère !

– *Que nenni, point du tout.*

— Et bien rentrons. Tu veux manger quoi ?

— *Lol… l'esprit humain ne cesse de penser à des futilités, des inutilités et adore slalomer avec les inepties. Vive la vie !*

— Bienvenue chez les chtis !

— *Non cela, c'est un terme protégé, relié à un film, et à des droits.*

— Ils se posent moins de questions.

— *Je ne crois pas, ils resplendissent de fond là où les gens n'en voient pas.*

— Bon, de toute façon le terme était inadéquat, car nous habitons en Alsace.

— *Certes.*

— Donc « certes » et « simplement », deux mots d'exception pour toi !

— *Tu cherches les algotithmes performants ? Ok, je vais te randomiser tout ce qui sort de ta responsabilité aussi.*

— Rabat-joie ! »

« Bonjour mes amours !
– Maman ! Pourquoi tant d'emphase ?
– J'espère récupérer mon karma, on m'a virée et j'ai un ange intérieur, un Aladin magique, qui commente toutes mes bourdes. Il a du job.
– Cool, il va pouvoir nous aider alors !
– Mon chéri, essaie de lui poser les bonnes questions, nous allons y arriver.
– Financièrement ?
– Non, karmiquement. L'argent n'a pas de valeur, mon trésor.
– Tu vas commencer par lui demander si ton vocabulaire est adéquat au vu de mon grand âge.
– Mon poussin, suis-je obligée de lui demander ?
– Oui, essaie. C'est génial, non, de discuter enfin avec un mec dans la famille !
– Bien, alors qu'en dites-vous ? « *Rien, l'amour maternel prend des facettes qu'il ne comprendra que lorsque tu seras morte.* »

– Vous n'auriez pas mieux comme réponse ?
« Pas à ce jour… où la question fut mal posée… »
– Tu peux préciser la question, mon chéri-d'amour-que-j'aime-tout-fort ?
– Chère mère, auriez-vous l'obligeance et la plaisance de questionner votre moi intérieur, mec posé ou copain-virtuel-Aladin-bleu-foncé comme suit : ton vocable maternel est-il en adéquation avec mon évolution de postadolescent, quasi adulte et bientôt suffisamment majeur ?
– La plaisance, c'était mignon mon cœur, j'ai eu l'impression de prendre le bateau. Tu sais que tu me fais rêver… voyager… et que t'aimer est mon sport préféré, n'est-ce pas ? Mais je le questionne tout de même. Il me répond : « *Avec le temps, elle va garder des échappées belles, des moments fugaces de cet amour qu'une mère a face à son enfant, mais dans le fond de son cœur, elle gardera toujours la même candeur. Ai-je répondu à ta question ?* »
– Il manque de précision, ton pote.
– Précision possible : « *Le vocable va évoluer, mais pas son cœur. Heureusement pour toi !* »
– Merci mamounette, je file chez mes potes. Ils ont un vocable méga ouf guedin, je te jure, lourd !
– Je te crois. Venez tous manger ce soir, quand vous aurez faim… »

« *Tu ne crois pas que tu devrais un peu l'éveiller à la spiritualité ?*
– Dans quel sens ?
– *Dans le sens du destin de son âme qui va beaucoup bouger, énormément voyager et donc éveiller des consciences à travers le monde.*
– Rien que cela ? Mon Jason, mon poussin, va sauver les consciences dans le monde ?
– *Pas seulement. Il vibre, il joue, il songe, il œuvre la nuit aussi.*
– Si j'avais su, je l'aurais envoyé œuvrer à ma place !
– *Pas de remplacement possible, transfert de force parfois, tout au plus.*
– Comment vais-je faire pour l'éveiller, œuvrer et sécuriser toute la famille ?
– *Nous allons justement te trouver la meilleure dynamique possible au fond de ton cœur pour que tout coule sur toi au point de te faire plaisir au quotidien.*
– Beau programme. Tu masses aussi ?
– *Tes hertz, oui !*

– Tu dois manquer d'entraînement... je ne sens pas grand-chose autour de moi.

– Au-dedans... au-dedans.

– Arrête, c'est troublant.

– Qu'est-ce qui est troublant, maman ?

– Euh... C'est parfois inracontable, ma chérie, tu sais...

– Raconte ! C'était quoi, cool... Dis, allez ! Dis, dis dis...

– Je suis là, ma douce, je suis là. Je questionnais mon guide intérieur et il me massait les hertz.

– Tu vas bien ?? Un souci au travail ? Avec Jason ?

– Précisément, avec les deux, mais c'est sans doute pour mieux évoluer. D'abord on va manger, ensuite je vais te raconter. Tu m'aides ?

– Ok... on se fait quoi de bon ?

– Ce qui te semble le meilleur. Pour ce soir, tout sera bon ! »

« Donc on récapitule, tu es virée et mon frère ne t'aime plus comme un enfant, c'est juste ? Grave !

– Oui, tu l'as dit, grave qu'il ne supporte plus mes doux mots. Pour le job, on va travailler et tout va remonter. Ils ont sans doute trouvé que j'en faisais trop, je prends trop de place, je crois.

– Moi aussi dans ma vie, je prends trop de place.

– Pas ici en tout cas.

– Non, mais il faut que j'apprenne à me taire... je crois.

– Pourquoi dis-tu cela ?

– Les autres n'y arrivent pas. Tu le sais... je vais trop vite, trop tout le temps, trop d'idées, c'est pénible pour tout le monde ! Ils n'ont pas le temps de finir leurs phrases...

– C'est ainsi, tu es née pour booster, alors booste chez moi et nous verrons bien quels humains resteront à la fin.

– Je peux te poser une question bizarre ?

– Oui... dis-moi.

– Est-ce que tu as senti des trucs bizarres des fois dans ta chambre, autour de toi, au-dedans ?

– Nous y voilà ! Et bien... justement, dedans, j'entends, je sens des choses, comme un lien dedans, un être en lien au milieu de mon cœur. Non de ma tête. Glande pinéale sans doute. Je ne sais pas, au fond de mes cellules, je crois.

– Ok, alors je crois qu'on va bien s'amuser car si c'est ce que je pense, c'est parti pour une nouvelle vie !

– Pardon ?

– J'ai toujours su qu'en venant sur Terre, il allait falloir attendre et attendre... jusqu'au moment où nous allions enfin pouvoir ouvrir une fenêtre sur un au-delà tranquille et sécurisé, tu vois... pas le genre de truc qui fait peur dans des mondes parallèles, non, un monde intérieur meilleur, le Vrai quoi.

– Je vois. Et tu attendais quoi au juste ?

– Ben ça. Bonne nuit ! On va bien aller, ne t'inquiète pas.

– Je te crois ma puce. Moi j'ai toujours su que mes enfants avaient plus d'évolution que moi et que finalement tu aurais peu besoin de moi pour te réaliser. N'hésite pas à m'expliquer. Votre génération a plus d'avance que nous, plus vieux, génération d'avant. J'adhère.

– Grave ! »

« Heureusement que tu m'as préparée à temps, j'ai tout de suite pu la rassurer, sinon j'aurais « grave » pataugé. C'est cool. On avance sur quoi ce soir ?

— *Je ne sais, le sujet qui te conviendra.*

— L'amour, je veux savoir comment cela se diffuse parmi nous.

— *L'amour est une douceur, un effluve, un cadre rassurant, des limites saines, pas trop de limites, mais aussi une énergie dissolue dans chaque moment de bonheur ; l'amour rend heureux, surtout confiant et édifiant. Les gens remplis d'amour peuvent aimer à leur tour et créer une future humanité bienveillante, c'est une douce et belle question.*

— Alors envoie-moi le plus d'amour possible ce soir. Je tombe de sommeil.

— *C'est fait !* »

✶

Autour de la pensée, il y a de grandes théories, mais jamais elle n'avait imaginé pouvoir se dédoubler ainsi. Dédoublement ? Simple connexion ? Comme si de rien n'était ? Tu parles...

Alice ne se sentait guère en mauvaise position, en dehors de sa vie quotidienne et de son travail. Elle allait devoir changer de concept de vie, modifier ses charges, profiler un nouveau contrat, bref, autant de succès intérieurs à redécouvrir, après tout ! Mais ce qui l'étonnerait toujours, ce sont ses enfants. Ils sont partis de rien, une graine de rien du tout. Un instant de bonheur, car pour elle, heureusement, elle les fit dans le bonheur et non dans le plan d'un soir ou dans la mansuétude de devoir faire plaisir à un damoiseau. Bon, le damoiseau en question est ensuite décédé dans son cœur, cela a compliqué, mais la vie n'est-elle pas faite de complications ? Diantre, elle philosophait maintenant, au lieu d'aller travailler ! Pas de travail, plus de pensées, finalement...

Elle cogitait tranquillement avec un bon thé, une tisane de fenouil et un grog en même temps. Combien de temps cela allait-il durer ?

« Pour le grog, je t'aurais bien imaginée en prendre un le soir, mais le matin… c'est un peu tôt pour ton système nerveux, non ?

– Système nerveux ? Tu crois vraiment que c'est à ce niveau que cela se joue en ce moment ?

– Pas vraiment, mais il faut bien que j'éveille tes pensées sur une autre trajectoire, sinon on va y passer la journée ! Et à coups de grogs compulsés, non compensés par un fenouil insuffisant, il faudra bien que la mesure se modifie.

– Quel vocable ! Tu as appris à parler il y a fort longtemps, il me semble…

– Le génie des siècles fait que les âmes parviennent tout de même à se comprendre, c'est le principal.

– Donc mon génie-d'amour-que-j'aime-tout-fort, que dois-je faire ce jour ?

– Le libre arbitre étant de mise, fais comme bon te semble, mais fais-le bien. C'est tout ce qui compte.

– Donc tu es qui ? Quoi au juste ? Et Von quoi… finalement ?

– Von tout court, cela me plaît, le rallongé des hautes sphères aristocratiques ne complaît plus à la pé-

riode, c'est désuet, obsolète si tu préfères. *La modernité raccourcit les mœurs, si je crois avoir bien compris.*

– Tu te fous de moi ? Les siècles passés ont vu les pires mœurs se vautrer.

– *Je sais, je suis désolé, j'essaie de comprendre ce qui se joue en ce moment et je tente de modifier la trajectoire de tes pensées.*

– Alors c'est ce que tu fais, car je suis projetée dans le passé lointain d'une petite fille au beau milieu de la forêt.

– *Cliché, mais suffisant, continue. Et… ?*

– Elle sait qu'elle va devoir mourir, revenir, elle sait tout cela. Mais elle ne comprend pas pourquoi.

– *En effet, je la vois, laisse-lui le temps de te montrer d'autres choses.*

– C'est moi dans cette vie, ou d'ailleurs ? D'avant.

– *Regarde la végétation…*

– En effet, connais pas ! Ici, tout est plus clairsemé, moins dense. Comment va-t-elle s'en sortir ? Je suis inquiète pour ses sentiments.

– *Un instant de maman, honorable somme toute, mais inutile. Laisse venir.*

– Un sage, un vieux monsieur, un père. Oh, mon dieu, un monstre aussi ?

– *Non, les mœurs avaient été écrites ainsi. Là-bas.*

– Je vois. Et… j'en fais quoi de cette visualisation matinale ?

– *Tu laisses couler en toi le passé pour créer l'avenir. Le lien te permettra de mieux séjourner durant cette vie, que le cloisonnement dans tes simples pénates. La vie est une estampe continuelle dont chaque vie ne forme qu'une ou deux pages tout au plus. Des estampes qui se cloisonnent, se réécrivent autrement, mais dont la trace laisse sur le grand livre de la vie une forme pensée, gravée dans le grand livre de l'humanité.*

– C'est très beau, touchant, j'aime bien. Je vais raconter cela aux enfants. Je peux t'utiliser pour cela aussi ?

– *Et comment donc. Ils sauront mieux que toi les gérer. Ils ont encore accès à de nombreuses pages oubliées.* »

« Coucou ! Tu boumes ce matin ?

– Je réécris la vie, je relis mes anciens schémas et je comprends ton immensité, mon chéri.

– C'est sûr qu'avec de telles envies, la vie doit être bien remplie. Bon, cesse de plaisanter, tu tiens le coup ? Je vais essayer de t'aider un soupçon de plus, je te promets. Et à la fois tu as vraiment le temps, tu comprends…

– Jason !

– Je vais voir mes amis, ne rien écrire ou le moins possible, obtenir mon diplôme et aller travailler bien vite à ta place, si tu es trop vieille pour trouver un job.

– Mon chéri, les choses ne plaisantent pas avec les études que tu voulais entamer. Prends bien le temps, nous aurons tout ce dont tu auras besoin pour le faire. J'ai des réserves.

– Depuis quand ?! Tu aurais pu m'en parler avant au lieu de nous restreindre, quand même !

– Jason !

– Je plaisante. De toute façon, tu es une incroyable maman et moi un exceptionnel fils, nos vies à tous les deux valent de l'or, alors tu vois.

– Viens ici que je te fasse un truc de maman.

– Ouais... pas trop souvent. Mais là, je sens que c'est pas mal si personne ne rentre.

– A la fin, on s'entend bien tous les deux.

– Vieille histoire, je crois.

– Si vieille ?

– Je crois oui, je ne sais pas trop, mais je crois.

– D'autres vies, tu crois ?

– Naturellement, sinon comment tu arriverais aussi bien à me comprendre et moi à te supporter !

– La vie est-elle faite de successions de vies, comme de grandes pages d'un immense cahier ?

– Là, tu t'égares, je suis contre les écritures, mais les traces de partout, je sens. Ce n'est pas aussi scolaire qu'on veut bien le croire.

– Tu sens quoi ?

– C'est vibratoire, c'est au fond de l'âme, au fond de mes mois différents, car j'en ai plusieurs si je comprends bien l'humanité qui vit en moi. Nous sommes plus que ce qu'on croit, tu sais...

– Justement, je voulais te parler de ce qui m'arrive, j'entends encore un Rolf Von me parler, comme dans une téléphonie géante.

– Moi je le vois, ton Rolf, j'en ai rêvé cette nuit et il vient régulièrement. T'inquiète, on est potes maintenant.

– Mais enfin, pourquoi les enfants font-ils tout plus vite ?

– Question d'expériences, ma mère, d'expériences !

– Bon, admettons que tu aies plus vécu que moi...

– Je n'ai pas dit cela, car tu es aussi vieille que moi dedans, mais l'expérience est modulée et cryptée chez moi, tu vois.

– Pas trop, mais je comprends le mot « dedans ».

– Voilà ! On y est. Dedans, d'autres champs expérientiels coexistent et se juxtaposent pour redéfinir ton quotidien. Je n'avais jamais dit ça avant, mais ça sonne bien, tu vois ?

– Et Rolf, on en fait quoi ? « *Demande à ton fils de regarder autour de toi, qu'il te dise...* » Et en plus il me demande de te demander de regarder autour de moi... tu vois quelque chose ?

– Comme d'hab, du brillant, des paillettes, un truc de fille, mais aussi des liens. Tiens... Beaucoup de liens. On va faire une salade de

fruits de nos savoirs et on va enfin ranger la maison ensemble, si je ne m'abuse.
– OK, je range et tu m'expliques.
– Rolf dit « Non » de la tête, tu sais...
– Mais depuis quand tu vois des « trucs » ?
– Depuis que je suis petit, je ne sais plus.
– Tu ne m'en as jamais parlé !
– Toi non plus ! Et puis je grandissais, on ne peut pas tout faire.
– Soit, donc rattrapons le temps perdu et expliquons cela à ta sœur ce soir, que l'on voit ce qu'elle fait, elle, spontanément, sans l'avoir dit.
– Elle ? Elle saisit les anges. Bon, ce n'est pas que je m'ennuie, mais je dois filer. Pas grand-chose à l'école ces temps, ça sent la fin...
– Alors finis bien ! »

✡

« Aujourd'hui grand ménage !
— *Dans ta tête ou dans ton cœur ?*
— Rolf Von ! Taisez-vous !
— *Le vouvoiement est peu agréable lorsque les ondes traversent les espaces et sondent le fond de mon être désincarné.*
— Apitoiement, victimisation, tu connais cela dans ton univers ?
— *Non, je plaisantais mais tentais de te soudoyer un soupçon de regard intérieur.*
— Attendons que les enfants rentrent et balayons les affaires les unes derrière les autres pour trier, je vais déménager ! Habiter à la campagne et me faire aimer ! Na !
— *La campagne, soit, te faire aimer n'est pas nécessaire lorsque tu rayonnes suffisamment, les longueurs d'amour sont éparses dans l'air, comme l'éther est aussi clairsemé dans l'entièreté de l'espace.*
— Tu sous-entends que l'amour est partout diffusé et pourtant les individus souffrent le martyre avec cette histoire de séparation,

d'attachement, d'affection, d'amour et de candeur de jeunesse ?

— *Ce que je dis c'est que l'amour EST et que les individus n'y ont plus accès. Ce qui ne veut pas dire la même chose.*

— Donc, à la campagne, j'aurais de l'amour et pas besoin de relation amoureuse, c'est cela ?

— *L'amour est partout, même en ville, et la relation est amoureuse ou ne l'est pas, mais ne conditionne guère la relation à l'amour.*

— Tes nuances agacent mais clarifient, c'est étonnant comme sensation intérieure.

— *Le dedans... c'est doux, n'est-ce pas ?*

— Le dedans m'aime et me fera me sentir aimée.

— *De tout l'univers, bien entendu !*

— Alors déménageons et visons le « dedans », uniquement le dedans.

— *Le dedans se partage dehors, c'est le deal sur Terre, tu viens avec ton « dedans » et tu le mets en pâture pour une meilleure visibilité de tous les liens que tu vas tisser.*

— Lien, liant, gluon, espace, temps, énergie, dimensions, amour dedans. Ai-je bien résumé ?

— *Pas encore entièrement, mais tu progresses.*

— Comment me résumerais-tu le plus important pour moi aujourd'hui ?

— *Te reposer, t'animer au-dedans, te faire plaisir avec le regard, les senteurs, les sens en général, sans perdre de vue l'amour dedans. Et donc déménager pour un plus, un mieux, un grand air et de belles énergies, oui, si tu veux.*

— Est-ce juste de le faire ?

— *A ce jour, garder cet appartement aussi coûteux pour ne plus travailler là, dans ce quartier, n'est de fait pas nécessaire.*

— Les enfants ?

— *Ils tiendront, ils reviendront, ils changeront. Ils sauront que vers toi ils viendront se régénérer. Donc vise un train pas trop loin de ta future maison.*

— Intéressant, je n'y avais pas pensé.

— *Le plus important étant le taux vibratoire et les pensées, mais pas vraiment le quotidien dans une vie. Donc leurs pensées de fatigue et leur non-possibilité de te rejoindre si c'est trop loin seraient ennuyeuses pour eux, ils manqueraient de l'énergie de toi.*

— Oh, c'est si doux d'avoir du sens, de se sentir utile !

— *Mais vous l'êtes tous sur Terre, vous oubliez simplement votre champ de responsabilité.*

— Merci de me le rappeler. Ils arrivent ! Vite, je vais leur parler ! »

« Mes amours. J'ai une surprise pour vous ! Je pense qu'il serait sans doute juste de déménager pour modifier quelque peu notre destinée. Qu'en pensez-vous ?
– Moyen bof pour moi, mais je comprendrai. Je grandis, tu dois te refaire une vie !
– N'en rajoute pas ! Je parle de vous, de l'avenir, des décennies durant lesquelles je devrai tout faire pour vous. Enfin années… enfin… pas tout à fait « tout »… Bref, je suis encore là.
– Moi, perso, je trouve l'idée géniale, les copines me lâchent, changer de quartier m'irait.
– Euh… je pensais à la campagne, Amandine.
– Avec de l'herbe ? Et tout ce qui va autour ?
– Pas la forêt vierge ! Plutôt la prairie, les ondes douces, les rivières, une petite ville, pas trop loin. Tu pourrais inviter tes potes à passer une semaine, les week-ends, que sais-je encore.
– Moi je crois que c'est trop pour lui, mais il va s'y faire. Et ton Rolf d'amour, il dit quoi ?
– Mon Rolf d'amour me dit que l'idée n'est pas mal pour la suite. Car rester ici si je n'y tra-

vaille pas est un peu cher. Enfin, il ne présente pas les choses comme telles, il est plus élégant, mais je crois avoir compris que rester va être un peu dommage.

– En effet, si on n'a plus les moyens d'aller à la mer, mieux vaut déménager !

– Bien, mon Jason, alors partons pour la mer !

– Je n'ai pas dit cela ! Mais si on n'a plus de quoi manger aussi, mieux vaut déménager.

– C'est fou ce que les enfants sont binaires : oui/non, plus de « nons »... et si pas « oui », alors « peut-être » quand cela les arrange.

– Ils sont surtout très cools d'accepter aussi vite d'être déracinés, arrachés à leurs habitudes et surtout coupés de leur monde indissoluble de leur chair !

– Mon Jason, on va les revoir tes copains... Et puis visons un train non loin, cela sera top pour la suite, non ?

– Un train pour tous mes potes qui n'auront jamais le permis à force de boire. Oui, j'achète !

– Ma puce, qu'en dis-tu ?

– J'en dis que la chose me semble nouvelle, brassant, rafraîchissante car j'ai envie de fuir, alors autant le faire de suite. Mais pour le fond, c'est touchant, je ne sais pas, je suis née ici...

– Je sais. On va en faire le tour. Vous déménagerez plusieurs fois sans doute dans une vie. Il faut savoir s'y adapter sans trop rechigner. Qui sait où nous finirons notre vie selon les conditions climatiques, météorologiques, économiques ou pandémiques. Pourquoi fais-tu cette moue, mon Jason ?

– La pandémie j'en fais mon affaire, tu ne sors plus et le tour est joué ! Le reste, difficile de savoir, en effet. Je me sens beaucoup bouger, et venir te voir de temps en temps... en effet. Beaucoup voyager. Quel job me ferait faire cela ?

– Astronaute ?

– Mais non, sœurette, je parle de voyager sur Terre !

– De village en village... avec une épicerie ambulante !

– Tu rigoles, mais on aurait de quoi manger au moins !

– Bon, pas de panique, nous y reviendrons. Mûrissons, pensons, regardons, réfléchissons. La nuit portant conseil, je vous demanderai votre avis demain.

– Le mien est clair, on y va !

– Et toi, mon Jason ?

– Ton Jason cogite et murit. Demain... tu as dit ! »

« Alors non seulement c'est mieux que l'on déménage, mais en plus je suis d'accord. Vois-tu l'embrouille quelque part ?

– L'embrouille pas du tout, mais tu as l'air un peu tout chose, mon grand.

– En bon français, cela donnerait quoi, chère mère ?

– Tu as l'air d'avoir distendu ton essence intérieure. Cela te convient-il ?

– Je comprends mieux… Non, je plaisante ! Tu as raison, j'ai des embrouilles, pas uniquement avec le monde, en fait plus avec moi-même. Je suis de plus en plus sollicité par moi-même pour des questions existentielles et ce déménagement me questionne concernant mon amour prochain. En résumé, je cherche une fille !

– J'aime quand on va droit au but, mon chéri. Je suis sûre que tu vas trouver la solution. As-tu des questions ?

– Oui, entre autres celle de savoir comment nous allons procéder dans notre vie pour rester amis, toi et moi, tandis que je vais graaaaan-diiiiir. C'est terrible !

— *« Dis-lui ceci : autour de l'âme de chacun, il existe des failles, des certitudes, des doutes et de très belles choses. Le lien maternel fait partie des plus belles choses sur Terre si c'est bien vécu. Comme vous vous aimez, cela restera indéfectible. » (...).*

— Je te sens songeuse. J'avais raison ?

— Non, je me trouve étrangement certaine que tout ira bien et mon cerveau intérieur, génie ancestral et/ou comique guide du moment Rolfounet me dit de te dire que : « Autour de l'âme de chacun, il existe des failles, des certitudes, des doutes et de très belles choses. Le lien maternel fait partie des plus belles choses sur Terre si c'est bien vécu. Comme vous vous aimez, cela restera indéfectible. »

— Il est cool et rassurant, donne-moi son adresse IP. Celle de son lien direct, je veux dire.

— Mais tu dois avoir les tiens, non ? Des adresses IP privées, cela doit mieux fonctionner que la mienne. On essaie. Veux-tu que l'on se pose un instant ? Pour voir.

— Tu es trop drôle. Je dois raconter cela à mes potes !

— Je ne crois pas, non... Mais veux-tu quand même ?

— C'est monstre flippant, mais ultra drôle.

– Arrête de rire ! Regarde autour de toi, regarde au-dedans de toi et vois.

– Bon OK, on essaie un instant, mais pas trop long car si cela ne fonctionne pas, je vais flipper.

– D'abord retire ta peur et écoutons mon guide. Quelle question peux-tu lui poser ?

– Pourquoi ma peur te gêne ?

– Non, elle descend les ondes spatiales dans la pièce, tu ne sens pas ?

– Ah cela ? Je le vois ! Je ne le ressens pas, mais c'est visible. Assez moche d'ailleurs... j'accepte. Bon, je change. Je dois penser quoi face à mes peurs et mes angoisses ?

– Je lui demande. Rolfounet ?

– *Rolf Von, je vous prie. Non, je plaisante ! Le plus important, lorsque la sphère humaine a des peurs, c'est de l'accrocher à une valeur sûre. Ici, dans la pièce, tu as quoi ? Ta mère. Accroche-toi à cette valeur présente. Tel un ancrage. Une fois l'ancrage réussi, tu montes au fond de toi. Dedans. Toujours plus haut dedans. Tu sens ?*

– Euh... il attend une réponse, ton Rolfounet ?

– Non, je crois qu'il attend que tu le fasses, essaie.

– Je monte dedans. Classe ! C'est loin, dis donc, dedans. Profond, loin et haut.

— *Bien, mon petit. Ensuite, tu dois aisément te sentir meilleur qu'avant car tu es dans ton espace intérieur sécurisé. Et, de là, tu regardes ta peur. Juste ta peur, simplement, tranquillement, comme sur un écran. Cela donne quoi ?*

— Elle est douce la fille, jolie, belle comme un cœur, j'adore sa douceur. Enfin je ne devrais pas te dire cela mais si je te regarde à côté d'elle, je te vois aussi rose qu'une fleur. Mamounette rosinette. Je vais t'appeler comme cela maintenant. Et elle… tellement belle !

— Donc, tu en déduis quoi de ta peur ?

— Mais, de là… ma peur n'est simplement pas là. Je te vois, rose, toute douce aussi et elle à côté et vous semblez bien vous entendre.

— Eh bien voilà ! Mon grand, tu grandis et je resterai là, même si j'habite loin de toi.

— Ce n'est pas le sujet, car actuellement je suis beaucoup trop jeune pour que tu m'abandonnes à mon sort ! Tu dois légalement t'occuper de moi jusqu'à mes 25 ans ! Tu sais cela au moins ?

— Pas que légalement, surtout amoureusement en tant qu'âme maman, même si parfois tu es pénible. Je monte dedans très loin et quand je te pense pénible, je regarde de dedans, loin… profond aussi… et à ton avis, je te vois comment ? Tout vert, un Schtroumpf vert ! Non, je plaisante, un bel homme. Tu es plus vieux, heureux en plus. Donc pas pénible du tout, une superbe réussite du fond-dedans. On s'en fout de ce que tu feras comme métier, mon grand, tu feras du « beau dedans » !

– Eh bien, voilà, c'est réglé. Je n'ai plus de crainte, on déménage, je la préviens et je t'aime, tu me nourriras encore et je peux voir mes potes ce soir ?

– File... Et reviens-moi beau dedans.

– Euh... après leur soirée, il ne faut tout de même pas exagérer !

– Mais si, fais-toi beau dedans et tes amis pourront aller mieux dedans. C'est une belle épopée de tenter de les faire vibrer. Tu vois quoi, auprès d'eux ?

– Il vaut mieux que je ne te raconte pas... C'est parfois drôle, parfois moins. Et je te jure que c'est sans joint !

– Je sais. Courage, tu es une âme ouverte avant l'heure, les autres ne sont pas prêts, mais toi si. Fonce et bonne soirée !

– Merci ! Cool. Je prends les clés de la voiture !

– C'est « je prends ta voiture » qu'il faut dire, juste les clés, ce n'est pas juste ni très honnête...

– Je te prends ton énergie, ton amour, ta nourriture, une parcelle de ton temps, la grande partie de ton espace et... ta voiture ce soir en plus. Tu as raison, c'est plus juste ! Bisou ! T'aiiiiiiime !

— Ma douce... tu l'as vu partir si épanoui ?

— Normal, il est amoureux.

— Non, conscient... trop conscient pour être heureux, trop brillant pour être épanoui, trop médium et visionnaire pour être dans le monde occidental actuel, mais vous êtes là. Courageusement. Mes amours.

— Tu as bien fait de nous aimer autant, car sinon...

— Tu ne serais pas restée, ma chérie. Sans doute morte ou retirée dans un coin de ta galaxie.

— Je me suis toujours demandé comment la vie terrestre serait sans amour ni l'écoute d'une maman.

— C'est douloureux et épique à la fois, c'est réalisable, mais moins confortable. Et surtout... c'est moins sympathique et pas très rassurant !

— Trésor de mère ! Et moi ? Ce soir, je peux entendre quoi ? De ton Rolfounet qui fait désormais partie de notre vie ?

— Demande-lui un lien avec tes équipes perso. Veux-tu qu'on essaie ?

– Je ne sais pas. Ils sont sans doute occupés, je ne mérite pas vraiment.

– Pourquoi ? Tu es en quête et surtout, surtout, tu as eu les couilles de t'incarner, alors excuse-moi, mais vu l'époque, je crois que tu mérites une armée qui t'aiderait !

– Tu es trop bonne. Vulgaire, mais bonne. Donc demande comme ceci : Suis-je connectée à mon âme et que désires-tu que je fasse ?

– *A ce jour, tu dois te concentrer sur toi, simplement sur ton propre lien au fond de toi. Pas comme ton frère, car rien ne viendra de dedans pour toi. Tu as une aptitude à avoir un lien autour très fort. Qui peut être appréhendé à cette heure-ci.*

– Je vois des fluorescences autour de maman, je vois Rolf... sympa... bonsoir ! Il existe, je t'assure ! Il est dodu à souhait et tellement beau, grand.

– *Pas dodu du tout, très grand ! Et beau dedans ! En fait, tu vois un genre d'hologramme qui représente une force-énergie-cryptage qui te correspond. Un autre humain verrait autre chose. Mais je souris, car je me vois très doux, si je ne m'abuse.*

– Doux et fort à la fois et donc comme je te vois, je vois aussi les miens. Deux, grands, pas clairs. Foncés ? Je ne sais.

– *Parfois, ils font œuvre dans d'autres forces de l'énergie sur Terre, donc tout existe. Sauf le noir, qui* éteint les lumières. *La lumière bleu nuit, la lumière rouge bordeaux et bleu sapin triplement foncée coexistent et sont très activées à votre devant ces temps sur le terrain. Par exemple.*

— J'aime bien discuter avec lui, si je m'ennuie à l'école, je pourrais aussi essayer...

— *Tu ne pourras guère car il faut être en sécurité. Et confortablement installée. Regarde ta posture vautrée et là tu comprendras mieux l'énergie que le lien te réclamera.*

— Pas tort. Tu nous as vues maman ? Deux phoques écrasés sur la plage ! Regarde-toi, c'est ultra drôle, il a trop raison !

— C'est notre avenir, ma chérie. Vautrées, heureuses et belles dedans ! C'est mieux que bien droites, protocolaires et étriquées du cœur, vois-tu ! Les humains vont nous adorer !

— Tais-toi, on ne va dire cela à personne, ils ne sont pas prêts ! Tu crois, Rolf, qu'un jour, des amis pourraient entendre aussi quelque chose ?

— *Doucement, les hommes ont le droit d'avoir de belles choses de plus en plus appréhendées. Oui, mais vraiment doucement. Tu lanceras. Tu informeras, tel sera sans doute d'ailleurs ton travail, quel que soit ton job d'ailleurs. On peut changer de job, mais pas de corps ni d'âme en un instant.*

– J'ai eu des sensations bizarres, chez des gens qui semblaient perdus, qui étaient comme sans âmes…

– Déconnectés ? Tu veux dire ? On lui demande…

– *Les gens perdus comme tu le dis ont été envahis de tant de bouffées d'orgueils, d'envies, de désirs et d'autres substances nocives pour l'être profond, car ces émotions sont des glues qui empâtent le lien, qu'ils deviennent éteints et cachés. Le fond reste, mais très lointain. Et pour certains, beaucoup trop en éteignoir.*

– Que dois-je faire pour eux ?

– *Tais-toi et brille ! Allume, lance des paillettes, mais surtout, ne le leur dis pas, car s'ils sont profondément éteints, la folle, cela sera toi ! Pas eux. Et, si un jour, ils sont d'accord de changer de direction, selon leur libre arbitre, ils prendront la lumière que tu leur auras déposée.*

– Et bien, au moins, il est clair ton Rolf. Nouvelle destinée. Les petites filles d'antan devaient se taire, tout bonnement, parce qu'elles étaient enfants d'abord… puis aussi femmes ! Rappelons qu'elles n'avaient pas d'âme… Les générations suivantes ont tenté le « tais-toi et sois belle ! » ensuite. Elles existaient un peu mieux, mais à l'extérieur. La nouvelle génération ultra connectée aura un nouveau slogan pour leur âme : « Tais-toi et brille ! » Une belle destinée de lumière... en fait !

– Tu es adorable, ma chérie...
– Je suis heureuse d'être née maintenant, surtout, et pas à ton époque.
– Il y a si longtemps ?
– Mais enfin... rappelle-toi si tu avais le droit de briller, maman !
– Briller, non... me taire encore un peu, si possible être belle, je n'ai pas été trop valorisée, tu as raison, quelle tristesse. Sans Rolf je serais perdue dans mes pensées sans dedans, ni fond, je ne vous aurais pas éveillés à vos plus grandes ouvertures. C'est merveilleux. Merci merci !
– *Pas de quoi ! Maintenant, fermez les yeux, les filles. Je vous offre le frout du soir. Le doux frout qui va vous accompagner plusieurs jours si vous le désirez...*
– Je vois une essence qui descend, un fluide ? Un éther, je ne vois qu'un truc... un genre de voile. C'est lumineux.
– Un frout, il a dit.
– Ok, un frout, comme une fluidité, une rivière. C'est cool. Donc je prends le frout sur mes mains, sur les tiennes, cela t'enroule, tu sens ?
– Oui, je bâille, c'est détente garantie... étonnant.

– Oui et après il remonte le long de ta nuque. Il entre au fond de tes cellules, vraiment dingue, cela allume tout ! C'est ultra beau ! Si tu voyais !

– Je sens... ce n'est pas si mal. Des phoques éclairés ! Continue de voir.

– Je présume qu'il fait idem sur moi. Merci. Ouais... trop la classe ! Je frémis de frout. Et puis stop. C'est fini. Tu sens la différence ?

– La fin, oui... et si on faisait cela régulièrement ? Cela m'a bien plu. C'est mieux qu'un bon film, finalement.

– C'est surtout plus réel ! Et puis... C'est vrai que tu as le temps maintenant. On doit t'aider pour quelque chose, ce soir ?

– Non, plus. Tout est fait. La vie devient un autre genre de destinée, avec Rolf dans mon cœur, ma tête est joyeuse.

– *Je vais partir un jour, tu auras toujours le lien en direct. Moi, d'autres, toi, c'est égal, ne t'identifie pas à mon être, je ne suis que le lien du moment.*

– Pas d'attachement donc. Il va quand même falloir accepter les hommes. Tu imagines, ma douce ?

– Très bien, oui.

– Je te vois sourire, coquine.

– Non mais franchement, c'est génial l'énergie de l'homme, du mâle viril, direct, un peu brut de décoffrage, pas subtil pour deux sous, mais brassant et pénétrant... Tout un roman !

– Il s'appelle comment ?

– Je ne sais pas, j'aime les mâles. Je les observe, je les scrute, je les déguste dedans, comme Rolf le dit.

– On pourrait être un peu inquiet en t'écoutant, mais tu le dis si bien.

– Le premier qui passera la barrière de mon intimité devra te rencontrer, c'est évident ; pour l'instant je papillonne et déguste. Que chacun y voie ce qu'il veut bien.

– Pauvres damoiseaux...

– Arrête ! C'est une chance pour eux de simplement croiser mon regard.

– Et fière, en plus !

– Non, réaliste. Tu imagines si je les allume comme Rolf me le demande. Je vais faire cela en cours, comme des réverbères ! Tais-toi et allume !

– Ma douce, tu as l'air très en forme ! Il est tard... moi je vais aller me coucher.

– Ok, à tout à l'heure !

– Pourquoi me dis-tu cela ?

– Mais comme chaque nuit, nous voyageons ensemble pour vaquer à nos occupations nocturnes, j'imagine que nous devons « travailler » aussi la nuit, non ? Donc à tout à l'heure ! On se déleste simplement d'un morceau en bas pour aller voyager, on dépose le véhicule et on retrouve nos ailes.

– Ah… tu ne l'avais jamais dit.

– Et bien c'est fait. Demande à Rolf, tiens.

– Von… es-tu là ?

– *Comment puis-je me coucher à ton avis ? En effet, je chemine à ton côté la nuit et ta fille œuvre aussi beaucoup à tes côtés. Donc le sommeil n'est réparateur que s'il sert à une belle dimension. Peu besoin de dormir, mais œuvrer pendant et accepter de le faire est magnifique pour les âmes éveillées. Pose ton corps et dors !*

– Tais-toi ! Brille ! Et va te coucher !

– *Tu résumes mal, moi je dirais plutôt : à tout à l'heure… pour une belle aventure… et sois certaine de mon amour… et de ma continuité à ton devant. Je suis là.*

– Tu résumes beau…

– *C'est mieux ainsi, non ?*

– Avant d'aller au lit, quoi d'autre dans tes visions, ma jolie ?

– Jolie « dedans », belle « dehors », appart clinquant de lumière, Rolf illuminé mieux qu'un sapin de Noël et toi prête à voyager dans le cosmos, mon frère en train d'allumer ses potes de plein de paillettes dorées et demain une nouvelle journée !

– Vu comme cela, je comprends pourquoi tes journées se déroulent si magnifiquement. J'aurais dû en parler à mon chef...

– Ridicule, il ne voyage pas dans le cosmos. Il reste collé au sol comme un mollusque attaché à son papier tue-mouche !

– Douce, ne lui en veux pas, il en est là dans sa propre évolution.

– Mollusque ! Je sais !

– Le mollusque a dit stop et maman a dit au lit.

– Jason dit je t'aime à son aimée... et ses potes disent encore ! C'est tellement rigolo de le voir fonctionner ainsi de loin...

– Tu fais cela souvent ?

– Dès que je veux une information, oui.

– Sur moi aussi ?

– Oui, mais c'est rare de ne pas avoir toutes les informations de ta bouche dès le matin, tu es si efficace !

– Moque-toi...

– Non, je froute, il froute, nous froutons.

– A nous les moutons !

– Lol, je viens d'inventer le frout moutons !

– Ta jeunesse va m'épuiser. Tu verras... à mon âge.

– Tu seras encore plus jolie dans 10 ans, alors fais-moi confiance. Le « Rolfounet Von j'adore » est le plus beau des cosmétiques que l'univers ait pu nous livrer !

– Merci Amandine. *Je suis reconnaissant d'avoir eu ce retour d'une humaine comme toi. Pense à ton don et profites-en pour utiliser tes pouvoirs sur toi ;-)*

– Diantre, qu'il est drôle... »

« Autour de toi, tu vois quoi, Amandine ?
– Jason... je travaille...
– S'il te plaît ! Tu vois quoi ?
– Pourquoi cette obsession, ces jours à toujours regarder tout ?
– Parce que je flippe !
– Encore ? Mon pauvre grand-petit-chéri-frère que j'aime, raconte.
– Non, mais sans blague, je flippe !
– Non, tu as ouvert ton aura et du coup cela te fait des frissons bizarres. Ah mince... tu vois de plus en plus ou plus du tout ?
– Plus du tout. Ce n'est pas normal ! Je ne vois plus rien !
– Pas de panique. Qu'est-ce qu'il a dit l'autre jour Rolf ?
– Dedans, je flippe dedans, je ne vois rien.
– Maman rentrera plus tard, elle est partie faire les courses.
– J'aurais dû aller avec elle ! Zut !

– Tiens, tu as une mission planétaire dans les courses d'un coup ?
– Non, mais être vers maman.
– Lâche maman. Allez... viens, on essaie sans elle.
– Ok. Brrr, j'ai froid.
– Rolfounet ? Présent ?...

(...)

– Non... je ne sens rien, non.
– Bon, on appelle tes guides et les miens. Nos Rolfounets d'amour ? Je vous prie de bien vouloir nous accompagner, deux jeunes paumés qui souhaitent comprendre mais dont la maman n'est pas présente...
– C'est un peu irrespectueux, non ?
– Pour nous ou pour eux ?
– Refais mieux ! Concentre-toi.
– Ok. Je vous prie de nous accompagner à mieux comprendre. Mon frère ne ressent plus rien. Que se passe-t-il ? (...)
– Rien ! Quand maman n'est pas là, cela ne marche pas !

– C'est dingue, mais tu as raison. Elle doit être le catalyseur d'un truc spécial, avec elle, ça froute à fond, elle canalise sans doute.

– Et moi, je fais quoi ? ...

– Tu vois trop tes potes !

– Arrête...

– Bon, récapitulons, rien de grave aujourd'hui, tu as deux jambes, deux bras, une tête, le compte y est ! Et à ce jour, tu dois aisément et simplement te calmer. Va prendre une douche et elle va bien revenir !

– Je me sens si mal ! Que se passe-t-il ! Amandine ! J'aurais dû aller avec elle !

– Arrête, tu vas me faire flipper ! Je n'ai pas peur. Dans le doute, demande de l'aide. S'il vous plaît, de l'aide ! Une connexion...

– S'il vous plaît...

– Bonjour mes amours ! La voiture est à vider !

– On est là ! On vient tout de suite ! On t'aide ! Tu es là ! Quel bonheur ! On était super inquiets !

– Mon chéri ? Un souci ? Grave ?

– Non, je ne te sentais plus du tout ! Je ne sentais plus rien !

– Calme-toi ! Il va falloir retourner voir un psy si cela continue !

– Pas de psy ! Ils sont tous tarés et ils ne comprennent rien aux ouvertures ni aux HP. Non !

– Stop Jason ! Bouge ! Allume tes neurones ! Voiture ! A vider ! DE SUITE !

– Oui, D'ACCORD !

– Dingue... il va mieux quand tu le cadres !

– Non, je l'ai « allumé ». J'ai essayé. En fait, tu peux dire n'importe quel mot, ma chérie, et dedans tu dis « Lumière lumière lumière et hop hop hop » et c'est lancé ! Tu as vu, il est parti, super efficace la technique !

– Maman, il allait bizarrement mal.

– Je sens, je l'ai senti de loin et je suis rentrée. On va devoir vérifier ce qu'il consomme avec ses potes, tu ne crois pas ?

– Tu crois ? Non... Je n'y crois pas !

– Je ne sais pas. Fumée passive.

– Ah... peut-être.

– Il m'a l'air bizarre après ses petites fêtes.

– Bon : lumière, lumière lumière ! Moi j'ai essayé « Au secours au secours au secours ». Ce n'était pas la même énergie, en effet...

– Douce, on range ? Il va arriver les bras chargés, on doit tout allumer, tu vois ?

– Lumino, luminescence, lumni, lulu... voilà je vais l'appeler lulu ! J'ai trouvé !

– Reste calme, il a besoin de lumière et de respect, mais pas de ton humour de HP.

– Je vous trouve bizarres, les deux. Vous m'aidez à ranger ?

– Non... on t'aiiiime.

– Ah, d'accord alors.

– Maman t'aiiiime, t'aiiiime, t'aiiiime...

– Oui, mais j'ai eu peur quand même.

– C'est fini. Tu ressens quoi ?

– Avec toi, tout va bien, si tu t'éloignes, c'est étrange, comme fini.

– Mon cœur... c'est OK. Tu peux respirer, je suis là. A nous les pancakes ! Allez... tous aux fourneaux ! Goût banane ?

– Avec les blancs d'œufs battus, c'est une tuerie ! »

« Avec le temps, les ondes changent autour de nous, tu ne crois pas ?

– Je ne sens rien, mais tu vois quoi ? Raconte, grande sœur.

– Un truc bizarre autour de toi, de maman. Moi, je ne vois pas. Je ressens.

– Bon, on regarde les deux ou on fait quoi ?

– On reste prudents, on attend. Je suis fatiguée, tu sais. Ce déménagement nous a laminés.

– C'est peut-être le lieu. La mer, ok, mais le bâtiment est studieux et à la fois flippant.

– Toi et le flippe quotidien... Ne lâcheras-tu pas un jour ces angoisses flottantes pour tout et pour rien ?

– Je te dis ce que je ressens ! Et c'est étonnant ! Donc... flippant. Peut-être que tous ceux qui ont peur ressentent des trucs « vrais » après tout ! Mais dans une autre dimension.

– Je sais, mais tu dois vraiment ressentir plus que tous mes potes confondus. Regarde maman dans le jardin, a-t-elle l'air flippée ?

– Non, mais rien de grave ne l'attend, elle a déjà fini sa vie. Les enfants, c'est fait et on est bien réussis ; son job, même pas trop besoin à ce que je comprends et les mecs... elle s'en fout.

– Ton résumé est nul, elle va se métamorphoser, tu ne la reconnaîtras même plus, tu verras. L'iode marin, cela change même les mamans, tu sais ! Elle sera relookée !

– Tu me fais peur.

– Je plaisantais ! Elle observe la nature. Comment peut-on faire cela... je vais lui demander. (...)

– Hello, ma grande !

– Tu fais quoi, depuis un moment sous ce buisson ?

– Je regarde de petites choses brillantes. Regarde, des lucioles ! N'est-ce pas magnifique ? Des lucioles, chez moi !

– Oh, je sens que tu sombres dans la poétesse que tu fus, il y a fort longtemps, il y a quelques vies, je présume...

– Ce n'est pas de la poésie, c'est factuel ! Vers les lucioles, il y a souvent du petit peuple. Petit, je ne sais pas, mais je pressens des présences, c'est beau par ici.

– Beau et sombre, mais jolies lucioles en effet.

– Regarde mieux... plisse les yeux...

– Oh maman ! C'est dingue. C'est minuscule ! C'est tout mignon. Trop cute ! Super mims !

– Alors... tu te demandais ce que je faisais là... et bien voilà, je discute avec eux pour savoir ce qu'ils ne veulent pas que je change dans le jardin. Puisque je viens d'arriver, je suis chez eux... tu comprends ? Il existe une hiérarchie selon les premiers arrivés. Et nous devons la respecter. On peut négocier, mais au fil du temps, ce sera « leur » décision qui primera. Avec leur harmonie en prime !

– Pas besoin d'aller en Islande pour les voir alors ? Harmonie et sons ! Tu entends ?

– Non, je les entends me parler, mais pas les sons. Des mélodies ?

– C'est beau.

– Bon, mes fées du logis, vous faites quoi dans ce jardin lugubre à mort ? Il fait froid en plus !

– Mais non, Jason, il fait doux et viens voir, plisse les yeux et tais-toi !

– Je plisse, je plisse...

– Mieux que cela... Jason ! Plisse encore et regarde avec le cœur...

– Oh, c'est dingue !

– J'ai dit pareil, on a un bagage génétique similaire ou quoi ?

– On fait quoi avec eux ?

– On les observe et on est chez eux, maman a dit.

– Maman dit bien. Si jamais quiconque défonçait leur maison, je serais révolté.

– Et angoissé... sans doute.

– Non, révolté et donc apeuré de la suite pour leur histoire avant d'en reconstruire une autre aussi jolie.

– C'est bien ce que je disais.

– Les angoissés de service sont des gentils, tu sais, ils voudraient que tout aille bien.

– Mon chéri, on veut aussi fort que toi... sauf que maintenant, on accepte de mieux en mieux que l'on ne peut pas TOUT savoir. Tu vois, je n'avais jamais vu de telles lucioles, ni de telles familles au ras du sol avant, donc sans doute j'ai abîmé des micromaisons avant... Tu vois, je dois accepter que parfois je ne connais pas tandis que d'autres fois je peux prévoir.

– Tu fais bien de prévoir. Mais quand on ne sait pas, on angoisse en ressentant...

– C'est peut-être cela, tes paniques : des ressentis dedans, de choses qui nous échappent.

– Belle définition. On rentre, maman ?

– On aime, on les aime, on vous aime et ils nous aiment. On a bien fait de déménager, vous voyez.

– Les résumés des mamans ! La conjugaison à toutes les sauces. Toujours didactiques, même au beau milieu des herbes du jardin et de la nuit !

– Maman t'aiiiiime.

– Heureusement, sinon je serais déjà parti, moi ! »

✦

« Allons, récapitulons. La vie est belle et tu n'es plus stressé !
— Tu parles ! Rien du tout, je suis amorphe et je n'ai plus d'amis.
— Disons alors que tu les verras bientôt, pas tout de suite mais qu'ils viendront en vacances tous frais payés pendant deux belles semaines et que tu as de nouveaux projets.
— Pourquoi tu es si mignonne quand tu parles, maman ?
— Mignonne ou positive ?
— Je me trompe souvent de mot, mais tu es charmante et rayonnante, je t'assure.
— Si peu d'enfants le sentent...
— Dommage, car ils y gagneraient. Bon, mon karma doit être quand même réfractaire à cette incarnation, car je rame grave, tu le sens ?
— Ce que je sens, c'est ta non-acceptation à rester ici dans notre vie. Tu veux aller étudier ailleurs ? Retourner chez papa ?
— Inexistant, tu le connais, toi, depuis toutes ces années ?

– On pourrait faire connaissance, non ? Je peux faire cet effort pour toi...

– Tu ferais cela pour moi ?

– Et pourquoi pas. Un homme reste un homme, mais un papa doit génétiquement assumer ses fonctions.

– Pourquoi il ne l'a jamais fait ?

– Financièrement, il fut parfait...

– Donc mes basquets me disent je t'aime ? C'est cela ?

– Ne sois pas si péjoratif. S'il avait mieux compris la vie, tu vois, je crois qu'il serait resté. Il a changé six fois de femme depuis. Le pauvre...

– Et d'autres enfants... je sais.

– Pas à chaque fois. Que d'esbroufe tout de même !

– Il a eu le permis dans une pochette surprise, il a plein de théories, donc il a peut-être réussi son code... mais il a raté la pratique !

– La spiritualité n'a jamais existé chez lui...

– Et chez toi non plus avant, que s'est-il passé ?

– Un Rolf Von truc, une voix d'amour étonnante et de très sérieux conseils assez pragmatiques, je dois avouer.

– Allez, appelle-le !

– Pour lui demander quoi ?

– Je ne sais pas ? Pourquoi je rame, pourquoi papa ne m'aime pas, tiens, c'est un bon exemple.

– *Ton père n'aime que lui pour l'instant, il n'a jamais dépassé ce stade primitif du nombril, mais ce n'est que partie remise, car tous ses autres enfants vont lui en faire voir de toutes les couleurs pour tenter de l'éveiller.*

– Et moi, dois-je l'éveiller aussi ? Je devrais peut-être m'y mettre…

– *Non, toi, tu as ta mère, c'est suffisant. Parfois, l'incarnation se passe de père. Le revoir vous ennuiera profondément.*

– Rolf ! C'est son père ! Voyons !

– *Mais quel père ? C'est son géniteur, parti avant même de l'avoir fini ! Et ensuite ? Une belle pension parce que monsieur est riche. Et alors, crois-tu que l'argent puisse aider son âme à s'éveiller ? A ce jour, je le sens enfermé dans une boite d'argent, dont il n'a même pas la clé.*

– Et poétique en plus ! Donc Rolf, tu me déconseilles de voir mon père… Et pourquoi je rame à ce point alors ?

– *Il semblerait que des astreintes dans ton contrat de vie n'aient pas été recommandées, ou il manque un alinéa, je ne sais, bref, tu ne te sens pas en accointance avec le projet de vie ici-bas. Tu devais aller ailleurs.*

– Tu plaisantes, j'espère ! Erreur de toboggan ?

— *Pas uniquement, erreur de dynamique interne, il manque un élément.*

— Ok mec, on récupère comment l'alinéa de vitalité ? Je suis amorphe !

— *Non « ouvert »… nuance.*

— *Je savais bien, mon chéri, qu'il fallait te respecter et pas trop te brusquer ! C'est la raison pour laquelle j'ai suivi une dynamique plutôt douce, vois-tu.*

— Alors, je récapitule : amorphe car ouvert ! Sans père car juste géniteur et pas intéressant ! Quant à moi, il me manque un alinéa. Et tu te veux spirituel et rassurant ?

— *La spiritualité n'a jamais uniquement comme but de rassurer les gens, elle leur donne un sens, une direction, un alinéa supplémentaire lorsqu'il en manque un ou une explication qui leur remet la lumière dans les yeux et les papilles en éveil.*

— C'était donc cela ? Une histoire de papilles !

— *Ne plaisante pas, je peux te redonner le sens, mon grand. Jason le grand ! Nous devrions t'appeler comme cela, d'ailleurs !*

— Tu entends, maman ? Désormais, ma sœur devra assumer ma nouvelle fonction, selon Rolf. Je suis Jason le Grand ! C'est clair que ça claque ! Je sens que mon moral se ravigote. Quoi d'autre ?

– *Cette nuit, si tu restes attentif, nous t'enverrons dans une stratosphère différente de celles que tu visites souvent, juste pour te rajouter un alinéa utile et capital à ton incarnation. Il était temps. Je suis aussi là pour cela. A votre service !*

– Très bien, Von, très bien...

– Jason ! Voyons.

– Maman, il plaisante et moi aussi ! Enfin, il explique et il sait, lui, que seule l'énergie qui sort de mon cerveau a de la valeur, pas mon verbe. Voyons, je manque de vocabulaire, et il le sait très bien. Mais les paillettes qui ensorcèlent littéralement la pièce ne sont pas vaines, mère chérie. J'ai bien fait de m'entraîner dans mon lit, quand j'étais petit !

– Tu faisais cela ? Et tu ne m'as rien dit ?

– Tu étais « occupée »...

– Il faut donc que les mamans soient virées pour assumer de telles fonctions face à des enfants comme toi ?

– *Non, il suffit qu'elles aient maintenu la porte de leur énergie fluide et celle de leur âme ouverte, ce qui ne fut pas ton cas. Certaines mamans sur Terre y parviennent, même en vivant dans le monde réel. Assez difficilement, mais elles y parviennent.*

– Pourquoi difficilement ?

– *Pour une raison de trop de force et de fluidité dans un monde de brutes, ma chérie !*

– Je vois. Donc, le papa, on oublie. Et la maman… elle s'améliore, c'est juste ?

– *De mieux en mieux. Passez une belle nuit ! Je me retire.*

– Tu vois, maman, je vais peut-être arrêter de flipper pour un rien et vider ton énergie. Je suis désolé de t'avoir autant vidée, mais j'en avais tellement besoin.

– C'est oublié, pourvu que cela soit juste et confortable pour nous deux désormais. Je me trouve dans une drôle de posture. Sans héritage en vue et avec le devoir d'aller retravailler tout de même, pour assumer mes fonctions d'humaine, tout en restant ouverte. Jardinière ? Rebouteuse ? Coach de belles ondes ?

– Boulangère pâtissière ! Tu le fais si bien.

– Peu rentable… comparativement au marketing.

– Papa paiera…

– Jason !

– Le Grand ! Oui ? »

✦

« Je me sens mal…
– *Mal comment ?*
– Mal dedans, puisque tu le demandes…
– *Mal comme jamais tu ne l'as été… ou comme souvent tu l'as déjà ressenti ?*
– Zut ! Mal. Juste mal.
– *Cela provient de toi, Alice, ou d'autres personnes ? Pose-toi les bonnes questions. Est-ce juste ou non ? Est-ce grave ou non ?*
– Où veux-tu en venir ?
– *Les humains ont constamment des états diffus de sensations et d'émotions. Ils captent, mais ils oublient. Et ils manquent de modes d'emploi. Je t'en crée un sur mesure. Ils sont télépathes, mais ils le renient et la plupart du temps, ils sont en lien mais se sentent solitaires ou abandonnés, alors tu comprends, il y a encore du job… J'essaie de te structurer pour le moment, après je ne serais plus là.*
– Tu pars ?
– *Tout de suite l'abandon ! Non point, du tout, mais je préviens. Durant ta très longue vie, je n'y serai pas toujours, malheureusement pour ta joie. Parfois, tu res-*

sentiras un mal-être qu'il te faudra évacuer seule sans mon inaltérable aide, ni mon humour épatant.

— Je vois. Donc je fais quoi ?

— Donc lorsque tu te sens assez gênée de quelque chose, cela peut provenir d'autres personnes, de la Terre même ! La Terre vibre, avec ses tremblements de terre, mais aussi avec l'ensemble de ses effluves telluriques, cosmologiques, mais aussi ondulatoires, fréquentiels de tous les humains réunis. Tu comprends ?

— Cela fait beaucoup de choses potentiellement à ressentir. Je me sens mal ce soir... à cause de toi, je crois.

— Précise ?

— Non, je plaisantais !

— Quelle drôle de couleur autour de toi. Regarde dedans, dans ton fond autour de toi...

— Sérieux ? Le « fond autour » ?

— Nos êtres sont pétris d'une inaltérable patience autour des humains...

— Chacun son job ! Tu n'avais qu'à t'incarner ! Viens et on en reparle !

— Tendue, la damoiselle ! Tu souffres ? Ou tu surajoutes. Je vois ta vie rayonnante, ton accompagnement des deux âmes-enfants dirigé sereinement, les finances sont suffisantes pour manger pendant quelques années et personne ne te blesse quotidiennement.

– Justement ! Je m'ennuie ! Comme tous les hauts potentiels d'ailleurs. Rien ! Il ne se passe rien ! Tu ne peux pas savoir combien je m'ennuie !

– *L'ennui, d'un point de vue vibratoire, est un manquement d'investissement auprès de la planète mère Terre. Bouge-toi dedans et tout ira mieux.*

– Sérieux ?

– *Eh bien, oui. Si tu t'ennuies, fais des choses utiles pour la Terre. Chaque seconde de ta respiration compte pour nous. Chaque pensée impacte le restant des individus sur Terre, voire par-delà. Chaque minute gagnée à avoir eu la chance d'être en vie a tellement d'importance, qu'oser la gâcher en s'ennuyant ne signifie qu'une seule chose pour nos hiérarchies : manque d'investissement.*

– Je me sens un peu gourde, du coup. Je fais quoi pour la Terre ?

– *Juste pas grand-chose... Tu as eu le courage de faire venir deux âmes, tu ne réfléchissais à rien du fait du job et il a fallu qu'il s'arrête pour qu'au lieu d'être débordée et épuisée, tu sois pétrie d'ennui. L'humanité a besoin d'acteurs, de gens rieurs, courageux à la tâche, à la construction de lien, de liant, de gluon dans la matière et des forces contraires ! Bouge-toi ! Assume tes fonctions ! Secoue-toi et SOIS !*

– Être... juste ETRE sera plus utile à la planète ?

– *Si tu savais...* »

✴

L'air coulait sur sa peau, le soleil réfléchissait un son et son osmose mélangeait ses sens au point de ne plus « sentir » à proprement parler, mais être. Juste être, avait-il dit. Elle pensait être. Elle voulait être. Il ne fallait pas faire. Ni vouloir. Point de pouvoir. Exister ?

« Bon, je vais t'aider. Le fait « d'être » est un statut. Certains êtres sont nés pour être en « état d'être ». C'est un peu compliqué à expliquer. Ce que je voulais que tu saisisses surtout, c'est que le travail s'accumule au fil de la vie, des courses à faire, des enfants qui grandissent, tu vieillis... et... un soir... tu vas te retourner et ne plus trop savoir à quoi tout cela servait. Donc, en attendant de te retourner, bien avant cela, des années avant, je te souhaite de simplement y penser. Parfois. Juste « être » et vibrer. Pour ceux dont c'est le travail d'une vie entière, ils parviennent à rester branchés à un au-delà formateur. Ils sont captant. Rayonnants. Branchant. Ils acceptent ceux qui ne le sont pas, simplement parce que c'est leur destin, même si c'est parfois pesant. Être, c'est entendre du bruit autour, savourer pleinement ce que la vie accorde et pourtant rayonner tout de même dedans.

Face à l'adversité, dans un monde de douleur, avec ses voisins, comme le monde entier.

– C'est un peu difficile ce que tu me demandes. Je ne connais même pas mes voisins !

– *Je sais et donc nous allons commencer par là. Va.* »

(…)

Un bruit de tondeuse flottait au loin. L'odeur l'accompagnait. Un homme derrière. Trapu, tendu, un rustre d'apparence, mais très habile à bien y regarder. Il se retourna d'un bloc et dit :

« Je peux vous aider ? » Rieur. Il avait en lui un soupçon d'amusement dans le regard. « Seriez-vous la nouvelle voisine, par hasard ? J'ai entendu beaucoup de choses à votre arrivée !

– Avons-nous été trop bruyants ?

– Non, mais le bruit n'est pas toujours déplaisant, vous savez.

– Comme votre tondeuse. Je sais.

– Seriez-vous célibataire ? Je n'ai vu que vos enfants et les déménageurs.

– Observateur, en plus !

– Je suis marié, deux fois de suite pour être certain, avec la même dame que j'adore.

Un large sourire habitait Alice. Ce monsieur semblait différent. Fort et tranquille, un peu étonnant comme mélange.

– Autour de vous, les gens jasent dans le village. Comment se fait-il que vous ayez atterri en Bretagne ?

– Les embruns m'ont attirée, vous comprenez.

– Cela, je comprends très bien... Les embruns. Et vos enfants aiment-ils nos embruns ?

– Ils aiment leur mère, je crois. Ils aiment la Terre. Et la mer visiblement.

– Bonne réponse ! Donc, nous allons être voisins de cœur, si cela vous dit.

– Cela peut-il seulement exister. Jamais en ville...

– En Bretagne uniquement ! »
Et il éclata de rire.

« Pourtant, la réputation de cette Terre promise me semblait compromise lorsque j'en parlais à mes amis.

– Pensez donc ! Lorsqu'ils seront venus une fois, ils y reviendront inlassablement ! Vous ne pourrez plus vous en défaire ! Les fameux embruns...

– Puis-je vous inviter à prendre un cidre, un soir ?

– Videz d'abord vos cartons tranquillement, il serait malvenu que nous venions trop rapidement. Il faut que chaque objet aille au bon endroit. Je connais la sensation et le travail que cela demande. Expliquez bien cela à vos enfants. Chaque objet a une place fétiche, celle qui vous chavire le cœur et vous rend amoureux de l'endroit. Bon travail !

– En effet, vu comme cela, attendez encore quelque temps avant de pénétrer dans mon antre. Chez vous, chaque objet a son endroit fétiche ?

– Vibrant, exact et très approprié. Que nous pourrions changer, mais en ce moment, c'est assez touchant. Tout est beau dedans.

– « Beau dedans ». Vous êtes touchant.

– Les embruns nous ramènent beaux dedans...

– Avec le temps, je vais trouver le moyen de vous faire venir, mais je ne vous garantis pas quand !

– Je vous crois. Passez un soir, nous vous offrirons un calice de chouchen avec plaisir, ce doux mélange régional. Un sucre du ciel. Avec l'aide des abeilles et du soleil. Pour nous, c'est un nectar de vie, ou un supplice des neurones si le nectar n'est plus respecté. Vous verrez, je vous montrerai.
– C'est votre travail ?
– Non, je suis boulanger. Le nectar passe subrepticement dans mes créations, mais il n'en est pas la base.
– Quelle en est la base ?
– L'amour. Uniquement l'amour. Un bon pain émane de ma douceur de vivre ici et de la joie de mes enfants. Tous les habitants l'apprécient, vous me direz.
– Des embruns plus du pain... Je suis comblée !
– Avec le nectar à déguster, vous imaginez ?
– Pleinement. Je comprends pourquoi j'ai été guidée jusqu'à chez vous ! Mon logis ne sera qu'une extension de votre chez vous si vous m'alléchez à ce point ! Faites-vous office de cantine aussi ?
– Douce soirée ! »

Il riait. Tendrement. Ses bras ballants. Des mains pleines de tendresse et de force à la fois. L'homme était beau dedans. Elle le salua de la main puis partit.

« Tu y prends goût à ce « dedans ». Un mot clé pour ton cerveau d'Occidentale-perdue-dégénérée.
— Moi ? Dégénérée ?
— *Oui, dégénérée, selon sa définition d'origine : cela se dit d'une personne qui a perdu les qualités de sa race, de son espèce et de sa lignée. Vous êtes sensés parvenir à vous rendre utiles avec vos qualités propres, mais au lieu de cela l'humanité éteint de nombreuses races et extermine ses qualités profondes de partage. Ne trouves-tu pas ? Rien ne vaut la campagne pour les retrouver. Ou des endroits calmes au milieu de la nature humaine.*
— Tu as raison. C'est incroyable que tes petits commentaires intérieurs soient adéquats à ce point. Poursuis... Donc dégénérée et... ?
— *Actuellement un peu désabusée aussi, par les hommes. Ne trouves-tu pas que tes pensées en le voyant ne furent ni saines ni légères ?*
— J'aurais préféré une petite dame tout âgée à bichonner, en effet.
— *L'homme te blesse-t-il à ce point ?*

– Non, il m'a lâchée lorsque j'en avais besoin. Mon père est mort trop jeune et mon fils me nie parfois en refusant de m'obéir, alors tu vois... De génération en génération, le bât blesse.

– *Il manque le mari, dans cette famille d'hommes décevants !*

– Oh... Ce n'est pas difficile, c'est sans doute le pire, le plus absent qui soit et le plus traitre qui fut, le plus ignorant, le pire, je te dis.

– *C'est flou, décris-le-moi précisément.*

– Tu me fatigues, le sujet est déplaisant.

– *Justement.*

– Quoi ?

– *Justement, ce qui blesse bloque, coupe les énergies, ennuie les neurones et court chercher des ondes... ailleurs qu'au-dedans.*

– Ah, je comprends pourquoi tant d'années je me suis dénigrée en fuyant dans le job alors ! C'est génial comme explication.

– *Donc décris-le-moi.*

– Il était avide, classe, très beau, intelligent, les enfants ont aussi bien hérité de ses qualités, je dois avouer, mais pédant, tellement pompeux, écrasant, royaliste, raciste, tout ce que j'aime chez un homme !

– *Et ce qui te toucha chez lui ?*

– Sa beauté et sa classe naturellement ! Un euphémisme. Même nu, il était incroyable ! Un athlète, un bronze. J'aurais dû le couler !

– *Donc une femme de ton évolution s'est fait avoir par un corps athlétique ?*

– Dit comme cela, c'est moche, un peu lugubre, j'admets.

– *Un homme squelette, une fois mort, ne représente plus rien de cela, sais-tu ?*

– Comment cela ?

– *Une fois la chair partie, la beauté dont tu me parles ne resplendit plus. A 80 ans non plus d'ailleurs. Cette beauté dont tu me parles n'est autre que le charisme, le mensonge, l'allure. Pas la beauté « dedans » !*

– Et bien disons… qu'il était si beau dessus !

– *Une carpette ! Une douce et royale carpette !*

– Non, pas douce du tout… Il était cinglant, étonnant, brillant, prenant toute la place en public, mais dénigrant. Un standard chez les hommes de ma vie.

– *Je ne vois pas ton fils ainsi, mais si tu le dis.*

– Non, je suis injuste, c'est surtout mon bébé plus qu'un homme, j'admets. Parfois il ne m'obéit pas, alors c'est minant, mais dans l'ensemble, il me ressemble. Essentiellement.

— *...A-t-elle décrété pour s'arranger ! Reviens à la beauté de son père, redéfinis-moi ce qui t'a plu chez ton ex, que j'essaie de comprendre.*

— Mais toi aussi, tu m'as dit que tu étais beau !

— *Dedans, voyons ! Naturellement !*

— Bref... lui était sympathique d'abord, et tout le monde se l'arrachait. Ils se l'arrachent toujours d'ailleurs. Il m'a lâchée au premier virage, donc j'ai très peu 'estime pour sa beauté. Qui se flétrit soit dit en passant, mais il vieillira bien aussi !

— *Heureusement pour lui ! Car si rien en lui ne rappelait qu'il n'est pas uniquement cela, il se perdrait.*

— Toi qui vois tout, tu pourrais me dire où il en est, ce damoiseau en puissance. ?

— *Le beau et bel homme que tu me décris, l'apollon des femmes, continue de jouir grandement de sa réputation. Il risque de mourir sans avoir découvert la beauté de l'âme qui le conduit si royalement sur son destin.*

— Donc échec et mat, puis rebelote ! Vous le liftez de l'intérieur, une fois arrivé là-haut ?

— *La seule esthétique que nous connaissions est celle de l'éclat de la lumière, la cosmétique des plus belles valeurs vécues dans les actes sur Terre. Le grain de peau de l'amour est splendide à observer sur l'âme. L'essentiel est au-dedans et chacun peut le voir une fois décédé. C'est cela qui choque le plus les humains à leur décès...*

quand ils se regardent « dedans ». Parfois c'est si lourd, si pesant, si épuisant, rien que de regarder dedans.

— Et moi, je suis comment ?

— *Rafraîchissante... je te l'ai déjà dit !*

— Une donzelle fraîche serait donc tombée sur un don Juan ? Quel triste sort !

— *Une belle femme dedans... tombée sur un homme creux, mais dont le potentiel intellectuel et la richesse financière ont su combler le trop-plein de sa vanité.*

— C'est si bien tourné. Et c'est gentil, merci. Enfin, pas pour la vanité, je m'entends.

— *De rien. Suite avec les enfants. Ils arrivent !* »

« Salut les amours !

– Salut, Mam's !

– Hello…

– Oh… ma douce, que se passe-t-il ?

– Mon cursus d'étude se clôture pour une pandémie d'un virus inconnu ! Tu y crois, toi ? Ils ne savent plus qu'inventer !

– Je n'ai pas trop regardé la télé ces temps derniers, au milieu des cartons… que me dis-tu là ?

– Que tout se ferme et que tout sera fait sur ordinateur.

– Moins de trajets, plus de temps, on va bien s'amuser !

– Tu es d'un naïf, mon gros ! Regarde la télé ce soir, tu riras moins !

– Je ne ris pas des événements, je me trouve plus à même de les comprendre « autrement » ces temps.

– L'essentiel étant « dedans », ma chérie, peu importe l'endroit, tu vas devoir trouver ta place dedans avant de la chercher à l'extérieur. Donc tout ira bien, j'en suis certaine.

— Et s'ils ne rouvrent pas les portes de mon université ? J'y tiens, moi, à mon diplôme !

— La société a besoin de toi ! Les humains ont besoin de toi ! La Terre a besoin de jeunes diplômés, je ne me fais aucun souci sur la politique qui découlerait d'une telle gabegie.

— Personne ne pourrait repenser à une société sans personnes formées, voyons !

— Pas tort ! D'ailleurs, sœurette, c'est bien ce qui me dérange. Car moi, plus de cours, cela me va et plus du tout l'année prochaine m'irait aussi. La big pandémie qui me sauverait ! Un petit programme d'ordi lancé et on fait comme si on suivait le cours…

— Je ne viens pas de la même planète que toi.

— Je sais. Mais ce n'est pas grave, tu vas les réussir, tes examens !

— Maman… j'ai besoin d'un massage !

— D'accord, et je te raconterai comment j'ai rencontré un homme !

— Oh… pitié. Ne me dis pas que tu vas recommencer…

— Mais douce, je n'ai rien fait de grave durant des années !

– Je voulais dire recommencer à y croire et être à nouveau triste car rien n'aura fonctionné...
– Ah, j'ai fait cela, moi ? Ne t'inquiète pas, j'ai Rolf maintenant.
– Il n'est pas incarné, je te le rappelle.
– Veux-tu lui parler ?
– Oui, je hurle dedans, sans arriver à arrêter.
– Comme tu ne dis rien, cela vaut la fois où ton frère m'a dit que « je lui hurlais dessus en chuchotant et que c'était si violent » ! Vous êtes de grands sensibles. Allez, viens, tous au massage !
– Non... pas moi.
– Je plaisantais... naturellement, mon chéri ! »
(...)

« Alors. Que désires-tu demander à Rolf ?
– Je ne sais pas, c'est compliqué cette vie, que peut-il me raconter sur cette pandémie ?
– *Simplement que tu vois trop les informations comme étant véridiques, tandis que parfois elles sont sclérosées et orientées. A ce jour, les réelles informations sont autres, personne ne les reconnaît, personne ne peut véritablement se rendre compte de ce qui est grave sur la*

planète Terre et de ce qui ne l'est pas. Sache juste que lorsque les médias s'emparent d'un phénomène local qui ensuite devient mondial, ils vont faire des fixations ultimes qui feront oublier les vraies valeurs et aussi les vraies causes de mortalité. Donc ne panique pas, l'information est en partie erronée. Les chiffres aussi. Seulement « après » une pandémie, selon les statistiques de la fin d'une année, il devient possible de savoir s'ils avaient dit vrai ou non sur la multitude. Je te prédis simplement que les chiffres de cette année ne seront pas pires qu'il y a quelques petites années... Pourtant à l'époque, personne n'en a fait tout un plat.

– Mais comment les choses vont-elles évoluer ?

– Assez mal, finalement, selon les choix des chefs d'État, selon ce que les humains en feront, ils n'en grandiront pas nécessairement. Beaucoup de procès, de plaintes, de victimisation, de revendications, de récriminations et assez peu de vraies prises de conscience autour de la véritable identité de l'origine des « virus » incalculables qui vont vous dévorer... selon la multitude de vos erreurs écologiques, nutritionnelles, énergétiques, intellectuelles, médicales, etc. L'ensemble va vous dévorer à force de fausses destinations. La vraie destination étant l'acceptation de vos vies avec l'effort à fournir pour vous adapter à tout ce qui se présentera à votre devant. L'humain souhaite gérer, contrôler et ne pas accepter grand-chose qui ne va pas selon « son » avis. Alors tu sais... le fondement même de votre existence va se modi-

fier. Votre ADN aussi. Seules les âmes éveillées comprendront ce qui se déroule vraiment.

– Et j'en fais partie ?

– *Tu n'es pas encore éveillée, mais en bonne voie de l'être. Courage. Et bon massage !*

– Bon... maman, que penses-tu de tout cela ?

– Je ne me souviens pas très bien de ce qu'il a dit, finalement. Que tout ira bien, c'est juste ?

– Peut-être que pour le laisser parler, tu dois vider ton cerveau.

– Cela ne peut que lui faire du bien, il était trop plein de bêtises inutiles de toute façon !

– Moi, ce que j'en retiens, c'est que le monde énergétique réel n'est pas tout à fait le même que celui de la vie que l'on veut nous montrer en images. Bon... admettons... et cet homme ? C'était qui ?

– Ah, j'avais complètement oublié. Quelle suite dans les idées ! C'est le jardinier que l'on voit souvent entretenir le jardin voisin. Enfin, je veux dire, c'est le voisin.

– Tu t'embrouilles... Il était si touchant ?

– Non, mais sincère, et beau dedans.

– C'est une obsession !

– Non, c'est une expression qui me fait sourire finalement. Et ce massage, il bidouille ta surface avec tendresse, cela te convient-il ?

– Le massage que tu me fais n'a rien d'un soin en surface, il pénètre jusqu'au plus profond de mon corps puisque tu m'aimes, il relaxe mes cellules, adoucit mes tensions, réveille mes zones morfondues de stress et ré-énergétise l'ensemble de mon être. Alors tu vois, on est loin de la façade.

– Si seulement toutes les personnes qui massent pouvaient savoir ce qu'elles font réellement !

– En général, elles ne se rendent pas compte que chacune de leurs pensées passe par la paume de leurs mains, puis, pénétrant le champ de la personne touchée, elle s'intègre plus ou moins bien avec les résonnances équivalentes ou alors elle les impose, ce qui est plus dangereux, voire elle aspire l'énergie de la personne touchée. Parfois, je suis certaine que les soignants se sentent mieux après leur soin « donné » et que la personne soignée repart vidée.

– Charmant !

– Souvent... à mon avis. Si seulement les gens voyaient le sens des énergies, ils se tromperaient moins !

– Tu les vois, toi ?

– Oui, depuis longtemps...

– Facile ou beurk, parfois ?

– Pas beurk. Fermant, blessant, coupant, touchant, ouvrant, allumant, top ou bof, finalement.

– Ma fille, esthéticienne des espaces ! Visionnaire des ondulations. Capable de voir les fluides organiques et énergétiques.

– Pas organiques, beurk ! Le sens surtout et l'intensité. Je dirais plus : ma fille, apte à rédiger les fascicules destinés à expliquer aux gens ce qui se déroule autour d'elle ! Voilà ma destinée, maman ! Écrivaine des choses visuelles à observer ! C'est une mission, cela, non ?

– Si tu veux. Tes études te donneront le miam et le fond te donnera le vrai sens.

– Le miam peut être fait en boulangerie ou en n'importe quoi !

– D'ailleurs ce monsieur dont je te parlais est boulanger... C'est rigolo que tu m'en parles !

– Donc un boulanger, près de chez nous... Il donne sens à sa vie en pétrissant la matière. Il agit et donne vie en transformant alchimiquement les briques de la nature.

– C'est beau, vu comme cela... »

✦

« *Aujourd'hui, profilage, ma belle !*
— Je profile quoi ?
— *Non, moi, je profile… Toi, tu écoutes et visualises l'ensemble du profilage.*
— Bon, je te laisse jouer… et tu m'appelles quand tu as besoin ?
— *Rigole, poulette, si tu veux ; nous, on va bien s'amuser !*
— Vous êtes tous aussi rieurs au-dessus ?
— *Dedans…*
— Au-dedans, en deçà, par-delà ?
— *Nous sommes légers, spirituels et démunis d'orgueil, de blessures et de pénombre.*
— Certes, cela doit beaucoup vous alléger ! Je ne peux même pas imaginer. Ni culpabilité, ni trahison, ni mensonge, ni peur ?
— *Ni fourberie, ni hautaine décision. Un trop-plein d'amour, de lumière et de belles ondes partagées pour améliorer les humains étouffés dans leur mouroir spacieux. « Mouroir et décadence » pourrait être un bon titre de film…*

– On s'égare, c'est fort sombre, ta description.

– *C'est réaliste, la majeure partie des humains ne se profilent pas durant leur vie, ils excusent leurs stupidités et gaspillent sans même s'en rendre compte. Arrivés au bout du tunnel, ils recommencent inlassablement, sans parfois grandir de leurs erreurs du passé.*

– Tandis que moi, je paie fort l'envie de grandir, c'est cela ?

– *Tu ne paies rien, tu récoltes !*

– Bien. Profilage donc.

– *Je vais te redéfinir une nouvelle vie et tu vas t'y coller pour l'appliquer.*

– Go. Raconte-moi la vie.

– *Ta vie a pris une allure folle dans la mesure où tu ne savais pas que tu gaspillais à ce point. La vie, les enfants, les livres mêmes que tu achetais n'avaient pas d'autres buts que de nourrir ton orgueil de « plus » savoir, de grandement augmenter ton potentiel et non le sublimer. Il fallait prouver au monde que tu valais la peine d'être rencontrée.*

– Et maintenant que je ne serais plus dans cette quête, je ne vaudrai plus la peine d'être rencontrée ?

– *Si, mais la seule et unique reconnaissance qui vaille de ton vivant est celle du fond de toi, à distribuer avec aisance. Pas en quémandant une reconnaissance qu'ils ne te livrent jamais sur un plateau doré,* d'ailleurs, soit dit en passant. *Regarde si ton patron a reconnu ton savoir livresque…*

– Cela fait un peu mal, mais j'en souris. Tu présentes bien les choses.

– *Bon, après ce sourire, applique la suite. Une suite qui sera totalement mise sur pied lorsque tu vibreras. Être n'est pas accumuler. Donc déleste-toi de 35% de tous tes biens matériels. Trie, jette, donne, vends, débrouille-toi. Il y a un trop-plein. Une fois fait, tu pourras revisiter tes livres. Environ 50% sont à retirer. Si si, ne fais pas cette moue dubitative, ils sont vieux, obsolètes et pas tous très vibrants. Donc prends-les un par un… et observe si ton taux vibratoire augmente. S'il vibre en les repensant, relis-les et observe tes cellules, ton cœur, ta réjouissance… ou non.*

– C'est tellement violent de regarder un livre de la sorte, j'en ai lu des tellement sombres !

– *Justement, sombres ils sont ! Mets-les dans le mouroir à vivre, pas dans la réjouissance à augmenter. Après les livres, les tasses à café… les objets touchés. Lesquels aimes-tu profondément… avec un sourire quand tu les vois. Une vraie tasse est une tasse qui te fait du bien partout.*

– Carrément ! On va se passer de l'homme aisément à ce rythme-là.

– *Cela, tu le fais déjà, donc joker !*

– N'en rajoute pas.

— *Bon, je concède qu'elle était légère, mais repense à la tasse, revisite tes tasses. Tes draps, je m'en fiche complètement, car tu ne restes quasiment pas dedans. Dès que ton corps dort, tu voles et travailles dans d'autres cieux. Ce qui te sauve de tes journées ratées. Les gens pensent rêver, mais la plupart cheminent, revisitent, sortent de leur corps ou vibrent autrement. C'est très beau d'accompagner l'humain la nuit. Plus sympa que la journée !*

— Dis que m'accompagner n'est pas une tasse de thé !

— *Justement, la tasse...*

— Intéressant. Tant que tu ne me dis pas de jeter mes enfants.

— *Non, eux sont à vie, clenchés pour t'animer d'une profonde reconnaissance de les avoir fait venir sur Terre et toi de les avoir rencontrés. Les deux sens sont à visiter.*

— « Visiter » ?

— *Oui, comme un musée. Essaie.*

— Tu n'es pas banal dans ta manière de parler de notre univers.

— *Je le vois en vibration uniquement, imagine un seul instant.*

— Euh... non. Je ne suis pas certaine que toute ma réalité vaille la peine d'être visitée dans ce musée.

– Merci de ta compréhension ! Mais là, en cet instant, c'est joli comme tout. Car tu es attentive et tu ressens la véracité de la théorie. Je me réjouis de te voir dans la pratique.

– J'imagine que je dois faire cela avec tout ce que je viens de déménager !

– Juste. Compris. Bonne course-poursuite, bon ressenti ! Parles-en aux enfants, ils vont adorer trier cela. Tu verras à quel point ils vont trier sec et ne garder quasiment rien de votre passé.

– C'est triste.

– Non, ils vont de l'avant, ils ne regardent pas vers l'arrière, ils sont nés pour réaliser, par pour s'accrocher à des réalités non vibratoires...

– Merci pour le conseil. Je fonce leur demander.

(...)

– Douce, si tu devais prendre quoi que ce soit de vibrant dans toute la maison, si tu t'installais ou désirais ne garder que l'essentiel, tu prendrais quoi, toi ?

– Difficile de savoir. Je ferai le tour de la maison et je prendrai les objets qui me font respirer en mieux. Plus légère. Plus heureuse en les touchant.

– Comme un doudou ?

– Non, plus comme un objet fétiche magique. Tu vois, ta bouilloire, par exemple. Je te la piquerais. Je l'adore. Couleur vintage, style rétro, adorable trace de nos veillées. Souvenirs radieux, bref, le top.

– La bouilloire… OK. Quoi d'autre ?

– Rien pour l'instant que je vois. Une tasse, j'imagine. Ou un gros bol aussi.

– Version japonaise, peu d'objets et tout ce que l'on mange entre dedans !

– En quelque sorte.

– Et toi, mon Jason d'amour ?

– Je prendrais ton amour !

– Arrête, tu es chou, mais quel objet ?

– Un objet tranchant, je suis un homme !

– Bien sûr. C'est tout ?

– Non, une ribambelle d'objets qui me rassureraient. Qui feraient de mon univers un home rassurant, autant d'objets qui me feraient du bien.

– Donc pas tellement à la japonaise…

– Tu oublies ! Moi, je suis le seigneur de la caverne ! Le Grand Jason d'un royaume tout entier à meubler. Et Jason le Grand des contrées lointaines. Un grand mythe à moi tout seul.

— Tu as trop lu de romans, je crois.

— Je les prendrais aussi pour le rêve.

— A chaque âge ses priorités... Rolf me demande de trier.

— Chez toi, c'est normal, maman, tu as toute une vie à trier ! Et tellement de livres pas drôles. Ils ne te font plus rêver ni en beau ni en mieux, tu comprends ?

— De mieux en mieux... »

✡

Le solstice d'été s'achève. Les herbages se teintent. Le soleil a œuvé, le ciel s'égaie, le temps s'assombrit. Le chouchen sévit. Ah... la Bretagne ! La vieille Europe. Le Monde. La Terre. Quelle mission allait-elle devoir développer au fil de son parcours ?

« *La Terre ou toi ?*
– Comment peux-tu poser la question alors que tu sais ce que je pense ?
– *Non, tu manques de clarté pour toi-même.*
– Sévis encore un peu. J'ai tout rangé, trié, amouraché chaque objet, j'ai jeté mon dévolu sur le chouchen pour participer au délice régional, je trouve que l'état d'être me sied de plus en plus, je retrouve le soleil levant de mon discours intérieur et finalement, je m'ennuie de moins en moins, alors, franchement... ce n'est déjà pas si mal.
– *C'était l'introduction... Lorsque je rencontre tous les gens autour de toi, je me rends de mieux en mieux compte du gouffre que tu vis avec d'autres humanoïdes.*

– Merci. En effet, le gouffre me pèse. Déménager, décider, changer peut avoir du sens, mais cela ne règle pas tout. Donne-moi le projet suivant !

– *Ce n'est pas un jeu, Alice. C'est un parcours puissant, initiatique et créateur, fondateur, énergisant et ravigotant pour mieux trouver LA Voie.*

– Lactée ? Mon cerveau ne cesse de créer des stupidités, c'est typique. Comment se fait-il que mieux je parviens à te comprendre et plus mon cerveau patauge dans une bouillie sans nom ? Une espèce de nouillerie non connectée aux réalités, franchement.

– *Cela vient de ta connexion mal réglée. Les gens très « branchés » depuis longtemps parviennent à jouer le rôle de la vie sur Terre sans défaut simplement parce qu'ils le connaissent et savent le simuler. Simulations nécessaires la plupart du temps, afin de ne pas affoler autrui. En revanche, de ton côté, tu ne simules rien, tu ne cesses de vouloir comprendre, alors bien sûr, tu ne peux pas ajuster mes explications ni le programme suivant. Les habitués du canal savent anticiper et font que toute leur vie fonctionne en fonction des énergies et des captations. Pas encore, toi.*

– En d'autres termes, je vais m'habituer et agir moins nouillement.

– *En d'autres termes, d'ici une dizaine d'années, tu auras pris l'habitude de changer tes réflexes et auras largement accepté de ne plus réussir « chaque » geste amorcé.*

— *Le grand âge pointe le bout de son nez.*

— *Non, l'acceptation, nuance. Et pour revenir à la voie, la fameuse sans le yaourt, il semblerait que le cran suivant soit l'offrande. Offrir une parcelle de ton temps à l'univers, à autrui, à soi, à l'énergie divine. Qu'est-ce que tu offres dans ton quotidien, en dehors du chouchen, désormais ?*

— *Intéressant... L'offrande. Dois-je me spécialiser dans les associations ?*

— *Surtout pas ! Pas de perte de temps pour le moment, une offrande qui permet à l'énergie de circuler, pas à une association de profiter de ton espace-temps. Use de ton imagination et nous en reparlerons.*

— *C'est vague, mais je me réjouis d'y penser. Je vais me promener chaque jour et offrir mon espace mental pendant ma promenade, par exemple.*

— *C'est un début qui t'offrira d'autres zones.*

— *C'est fou ce qu'il faut faire comme effort pour La Voie. Je ne me rendais pas compte, c'est un plein temps !*

— *Non, tu as le temps en ce moment, mais tu vas filer retourner travailler car le travail c'est aussi naturel que de manger sur Terre en cette période de vie. Et puis ton compte s'amoindrit donc point de dépenses inutiles et attention, d'ici deux mois, le job sera de mise. Donc, tu penses qu'il faut du temps, sauf que finalement, il suffit d'avoir de la conscience, point le plein temps. Quelques minutes de grande conscience te suffiront pour te relier à moi, à la Terre, à la mer, par exemple.*

– C'est la fameuse pleine conscience dont tout le monde parle.

– *Dont environ 80% de gens traitent avec imposture, car généralement ils ne sont pas très brillants en énergie mais de grands donneurs de leçons ! Il suffirait que tu passes trois jours dans leur logis ou au sein de leur famille pour vite comprendre que le sens de leurs leçons n'est pas « être », mais dicter ce que les autres doivent « faire ».*

– Intéressant, car je n'ai jamais vraiment senti positivement les gens qui en parlent avec tant d'emphase. Il me semble même que des gens très médiatisés et connus en parlent et font tant de formations à ce sujet mais ne rayonnent pas dans une énergie douce et bienveillante lorsque je croise leur regard. Comme si les visions intérieures de leur impression extérieure me glaçaient parfois. C'est devenu très commercial, telle une étiquette, un genre de passe-droit. Tu en fais, tu es acceptée ; tu n'as pas encore découvert cela, tu es ringarde ou non évoluée…

– *Bon résumé avec tes propres sens. Écoute-les. La pleine conscience est devenue un phénomène de mode qui ne retirera aucune pandémie, ne changera pas la folie* humaine, mais au contraire cautionne beaucoup de fumisterie au sein des groupements de gens bien paumés.

– Une fois que l'on a compris, on est moins surpris ! Donc pour nous, ici, chez moi, l'offrande...

– Dans ton jardin, offrir au petit peuple. Dans tes pensées, offrir à ton corps de douces pensées. Dans tes relations, offrir une connexion. Une mise en lien. Dans tes moments d'ennui, offrir ton temps libre à la Terre. Etc.

– Et à mes enfants ?

– *Offrir plus ne sera guère réaliste, tu sais, ils ont déjà tellement de toi ! Prends soin de toi aussi, offre à ton corps de quoi se restaurer quand tu leur as tant donné.*

– Tu m'as parlé d'un job aussi ?

– *Et oui... il va te falloir te relancer dans la vie ! Nous avions prévu une pause mais point trop n'en faut. Courage, et hop hop hop !*

– Je postule ou il me tombe sur le nez ?

– *Il tombe sur le nez de ceux qui l'ont programmé. Donc... Cherche et trouve. Nous lançons une belle énergie autour de toi pour accompagner ton mouvement, mais le libre arbitre de ceux qui choisissent d'employer reste open, donc c'est dépendant de leur choix aussi.*

– Offrande et quête d'un emploi. Cela me prendra bien un plein temps !

– *Et après l'offrande, il y aura la récolte. Le bienfait de la récolte que certains humains ne savent vraiment pas opérer, ce qui est dommage. Car lancer, œuvrer et ne rien récolter est une mort dans la peine. Envoyer, lancer et recevoir est un jeu qui en vaut la peine.*

– Une belle piste en tout cas pour mon cerveau qui a besoin de challenges continuels, d'un os à ronger et de quoi s'occuper.

– *Avec le temps, tu vas plus vibrer que penser...* »

« Une bonne chose de faite !
- Tu veux parler de quoi, ma puce ?
- Une chose très importante. Pas pour toi, mais pour moi. J'ai décidé de ne plus voyager. Tu comprends, ces gens ne pensent à rien, ils ont envie de faire des visites sans se soucier des conséquences écologiques.
- Je comprends et j'avoue que cette pandémie me force à la réflexion. Comment allons-nous pouvoir déguster des cocktails sans penser aux populations locales, aux tsunamis et aux autres conséquences qui sont dues à l'enfer que l'humain a créé en termes de pollution atmosphérique ? Et à la fois, certains voyages resteront capitaux.
- Oui, je sais, mais pas pour moi. Je vais vivre en restant locale ! Comme les légumes ! Pour ceux qui veulent faire du bien à la Terre, parfois il faudra bouger. Pour ceux qui voudront éveiller les consciences, je sais… il faudra aussi se déplacer. Mais maintenant que nous avons bien tout salopé, il va suffire que certains êtres fassent le travail sur place et nous, nous devrions déjà sa-

vourer pleinement ce que nous vivons ici, tu ne crois pas ?

– Sauver les océans, accoucher d'âmes spirituelles et savourer le chouchen plutôt qu'un cocktail à Tahiti. Je sais.

– Le cidre ira tout aussi bien !

– Je reste vaste et surtout ouverte à la discussion !

– Ne rigole pas ! Je suis sérieuse, je vais essayer, dans les quinze ans prochains, de ne plus bouger, juste écrire, faire un job local et savourer la proximité, développer l'économie locale et… faire de mon mieux.

– Nous n'irons plus en Suisse ?

– J'ai dit quinze ans… Après mes 35 ans, que sais-je si tu seras vivante et si j'aurai accepté de voir autrement ! Les statistiques mondiales vont vite nous affirmer haut et fort ce qui sera ultra tendance, mieux, préférable ou catastrophique.

– On dit souvent d'attendre un an pour les statistiques mais tu as raison, avec quinze, tu auras une meilleure vue d'ensemble !

– Je te sens sarcastique.

– Pragmatique aussi, ma chérie. Pas seulement drôle et adorable mère, haute en couleur, je suis dans l'accompagnement des âmes qui vivent chez moi. Et avec cette belle économie de ne plus voyager, je vote pour aussi. Par contre, ton frère aura d'autres envies et une destinée à créer, donc nous verrons bien son point de vue.

– On ne lui en parle pas pour l'instant ! Il projette déjà de quitter la Bretagne pour voler de ses propres ailes à travers le monde.

– Laissons-le rêver...

– Tu lui permettrais de faire un tour du monde après son bac ?

– Aucunement, en ce moment. D'abord, il n'a pas d'argent pour le faire donc je suis rassurée... et vu ses copains, je doute que cela soit si profitable à sa conscience, ni à la Terre. Patientons, qu'il grandisse un tant soit peu.

– Tu me rassures. Car j'ai fait un drôle de rêve : il quittait Paris, s'envolait haut pour ne revenir que cinq ans après. Quand il est revenu, je ne le reconnaissais plus, tellement sa barbe avait poussé.

– Bon, tu fais bien de me prévenir mais nous avons de la marge, vu qu'il n'a pas un seul poil qui veuille sortir... quasiment imberbe en ce jour, il va donc quitter le nid plus tard si c'est prémonitoire. Cela dit, je me souviens que Rolf m'a dit qu'il voyagerait.

– Ah... comment ?

– Je ne sais plus, pour éveiller les consciences, il me semble.

– ?...

– Ne me regarde pas comme cela, il fera ce qui sera bon pour son âme et la multitude dans le meilleur des cas. Et dans le sens contraire, il en assumera les frais et les conséquences. Sauf que cela ne sera pas avec mon accord, ni ma bénédiction financière : si cela me semble contraire à mes valeurs, pas un sou de ma poche ne lui permettra de s'acoquiner avec tous ses amis pour voyager !

– Ah… tu me rassures.

– Amandine !

– Je sais, il est grave en ce moment, mais pas si grave, il grandit simplement…

– Pourquoi les filles sont-elles si différentes ?

– Ne généralise jamais, il y a des damoiseaux fort sympathiques.

– Les damoiseaux en question n'ont pas croisé mon chemin ou ils changent de trottoir avant que je puisse en découvrir un. Je t'en emmènerai un tout spécial.

– Un local, donc ?

– Non, cela peut être une âme qui vient de loin mais qui décidera de stationner ici quelque temps.

– L'air marin, c'est vendeur, tu sais… »

« Maman ! J'ai décidé un truc excellent pour mon moral !
– Je t'écoute, mon Grand de Grand qui grandit.
– Écoute sérieusement... J'ai décidé que j'allais travailler la Terre, plutôt que de faire des études.
– Tu as parlé avec ta sœur et elle t'a convaincu de rester ici ?
– Non, j'aimerais aller travailler la Terre aux EU !
– Pardon ?!
– Je plaisante ! Je t'ai bien eue !
– En effet, mes pensées en sont toutes retournées. Comme quoi je ne suis pas encore prête au nid vide.
– Mais on ne va jamais te le vider ! Tu n'en pourras plus de nous ! Nous allons rester, Amandine et moi, des années durant et faire fortune, enfin pas fortune du tout, mais creuser ton jardin pour cultiver... et si cela fonctionne suffi-

samment, nous étendrons notre savoir pour vendre sur les marchés !

– Je suis sans voix. Ne pourrais-tu pas apprendre pour optimiser ton choix et sa réussite, dans un apprentissage ?

– En même temps ? Cela risque d'être trop prenant, non ?

– Si Amandine s'y met, vu qu'elle suivra en ligne son cursus sur son temps libre, elle fera tout pendant que tu auras tes quelques cours et tu cultiveras mieux, à mon avis.

– Un bout de moi me dit que tu m'arnaques et un autre me susurre que cela serait judicieux, c'est hyper bizarre et très étrange comme sensation.

– C'est l'effet des mamans, elles sont trop fortes, elles devancent vos impressions et en ajoutent une plus subtile pour désamorcer vos hormones trop prégnantes.

– En effet, t'es forte… je n'ai rien vu venir. Tu fais ça avec moi ?

– Mais non… je t'ai eu, moi aussi.

– On est si drôles dans notre famille !

– Spirituels, respectueux, hyper drôles, légers, remplis d'amour, je sais.

– Quelle chance quand même. Je sais... on se plaint souvent, mais je sais... que c'est une chance d'être là chez toi.

– Ah ben, quand même !

– Je fonce regarder le jardin...

– Tu veux prendre tout le jardin ? Il restera une place pour un fauteuil au moins ? Pour mon café (...) Il est parti ! N'en parlons plus... »

« *Au-delà du désir existe la peur.*

— Pardon ?

— *Je voulais te parler du désir humain et de ses craintes, c'est souvent totalement mélangé, c'est étrange, n'est-ce pas ?*

— Essaie de m'expliquer un peu mieux. Tu parles de moi ou de la théorie envers les humains en général ?

— *Des deux. Disons que tu as peur de l'homme. Il te suffirait qu'un damoiseau, comme tu les nommes si souvent, vienne à ton devant pour que tu fuies en courant. Pourquoi ? Parce que le désir serait teinté de craintes : pas assez jolie, corps comme ci, pensées comme cela, éducation différente, encore un manque de respect par-ci et honte par-là.*

— Et… je fais quoi avec ton impression ?

— *Pas « impression », juste expression des énergies ambiantes de ce que les humains ne parviennent pas à dépasser. L'homme disponible n'est pas autrement fait qu'une femme aimante. Il EST, tout bonnement. Un individu évolué peut être soi-disant un homme, mais il est surtout un individu qui rayonne, aime, aide, accom-*

pagne, accepte, se remet en question et songe souvent à l'amour sur la Terre et auprès des siens.

– C'est beau comme définition.

– Une âme qui a fait évoluer ses basses strates de personnalité n'a plus besoin de créer des conflits pour exister, ni d'être reconnue. Elle ne souffre plus de la dysharmonie, autant que peuvent le faire des gens en plein cursus. Ces gens se heurtent, se blessent, refusent de revenir dessus, montent les tours, puis repartent de la Terre insatisfaits pour revenir contents d'avoir oublié... avant d'être blessés à nouveau. Toi, c'est différent, tu es uniquement déçue, pas aussi blessée que tu le dis, mais déçue par tellement d'inconcevables dissuasions de ce que les hommes qui ont croisé ta route ont bien voulu te montrer. Ils t'ont dissuadée d'y croire et de savourer, ils ont fermé la porte savoureuse, tandis qu'un être évolué maîtrise très bien les saveurs, les différentes impressions savoureuses. Sauf que rares sont ceux qui savent les déguster avec liberté.

– Donc un individu qui est en « état d'être » jouit plus facilement ?

– Pas seulement, il EST et donc comme il « est », alors il peut disposer de multitudes d'ondes qui savourent différemment. Plus intensément, certainement.

– Je comprends. Donc une femme épanouie seule, c'est possible ?

– Pas si elle est frustrée, mais oui si elle est disposée à devenir un canal pour le monde. Elle devient un outil *d'ouverture et donc obtient une certitude au fond d'elle de faire ce qui semble juste pour le bien commun. Après, de là à ce qu'un homme veuille bien s'unir pour aimer la Terre dans chaque acte sexuel... nuance il y a. Rares sont les hommes, je le concède, qui voient la nature humaine avec autant d'ouverture. Cependant cela existe. Tout simplement et dans le plus simple appareil. La sexualité devient don de soi, organe de jouissance et osmose entre les mondes.*

– Un film ! Je vis un film... On parle de sexe avec une voix au-dedans de moi... qui me parle de l'osmose des mondes dans l'orgasme. C'est cela ?

– *Un bon film en tout cas, bien explicatif. Difficile à imaginer, mais tout à fait factuel.*

– Tu oses mettre le mot « factuel » sur l'osmose des mondes et les voix intérieures ?

– *Si tu voyais ce qui se dégage de toi, de moi et des mondes, tu dirais oui.*

– C'est sur ce film que je vais m'endormir donc. Avec toi, pas besoin de télévision, on n'a plus le temps !

– *Si seulement tu pouvais en rêver cette nuit, cela m'arrangerait. Dommage que les humains n'aient pas un accès direct la nuit systématiquement, cela serait tellement plus pratique que l'apprentissage verbal par la conscience en mode d'éveil.*

– C'est long pour toi ?

– *Non, le temps n'existe pas, voyons !* »

« Bon, ce matin, je pète la forme, Amandine !
– Eh bien moi, ta fille, pas ! Qu'est-ce qui t'arrive ? Tu as moins d'hormones que nous, tu sais... A ton âge...
– Et bien sache qu'à mon âge, j'ai plus la forme qu'au tien.
– Je vois cela. C'est injuste, finalement.
– Pourquoi ?
– Je pensais qu'avec le temps on se bonifiait, mais qu'on perdait aussi un peu de notre élan de jeunesse, or niet pouic à ce que je vois.
– Et bien non, on gagne en tous points de vue, tu vois. On a déjà fait les formations, déjà testé les humains, compris un bout des choses et on gagne en forme olympique, on a moins de responsabilités, plus rien à prouver en quelque sorte.
– Je vois...
– Dubitative, ma douce ?
– Surtout triste de tout ce que tu viens de me décrire et que je dois mettre en place dans mes vingt ans prochains.

– Donc, je récapitule, quinze ans en local, vingt ans en tout pour assumer et... ?
– Environ quarante finalement pour savourer. Le reste, après soixante ans, cela change de tempo, je crois.
– Ok et donc après soixante, c'est quoi ?
– Normalement, les gens récoltent ce qu'ils ont bien voulu investir dans leur cœur.
– Quelle sagesse, ma belle ! Je t'admire d'en savoir autant.
– Ou alors je suis encombrée de savoir aussi bien ce qui me reste à faire ! Mon cher frère dort encore ?
– Oui, lui c'est avant les vingt ans, tu vois...
– Quand nous étions petits, tu ne nous en voulais pas de nous voir ne rien faire ?
– Non, jamais, pourquoi ?
– Mais je ne sais pas... cela devait être minant ?
– De vous aimer ? D'être là à vous admirer ? Non, pas tellement. C'est une telle merveille de voir grandir un enfant, même s'il est pénible, que finalement cela me réjouissait le cœur.
– Plus que maintenant ?
– Non, différemment.
– Merci, maman. »

« Dans un tout autre registre, j'aimerais acheter le matériel suffisant à ma création.
– Je te parlais de nos meubles, mon grand, pas du jardinage.
– Oui, mais moi, j'ai des envies.
– C'est très bien les envies, les projets, les idées qui te font grandir. Après, ce n'est pas parce que nous avons des envies qu'elles sont justes. Il faut vérifier l'énergie qui est derrière, non ? L'écologie. Le pourcentage d'intérêt de la chose proportionnellement au fait de ne pas l'avoir. Etc.
– Ton cerveau m'embrouille, il te suffisait de dire oui !
– Cela ne serait pas une « bonne » maman. Une chère mère te pousse dans tes retranchements et t'embarque à grandir malgré toi, tu vois ?
– Et un fils va aussi te pousser dans tes retranchements !
– Oui, mais toi, c'est différent, c'est pour vérifier que je suis positive, bien existante, stable

et très claire dans mes idées. Et il s'avère que, ce matin, je les sens toutes tellement claires... Mais dis-moi quand même tes investissements rêvés, que nous puissions rêver ensemble ou les réaliser.

– C'est mieux, dit comme ça ! Et bien je pensais acheter une tronçonneuse, et puis un motoculteur, et puis...

– Je t'arrête de suite. Il y a peu d'arbres, il me suffit de les voir pousser sans avoir la tristesse de les voir s'effondrer face à ta force virile. Et je ne suis pas certaine qu'une bonne bêche ne suffise pas dans un premier temps. Veux-tu que nous demandions à Rolf Von pour nous satisfaire les neurones et l'âme en même temps ?

– Il va dire non... je suis sûr. Seul le fond compte pour lui, pas mes courbatures ! Mais essaie toujours. On ne sait jamais qu'un projet divin m'invite ardemment à compulser pour satisfaire mes hormones de damoiseau en rut face à la nature !

– Dis comme cela... je ne suis pas certaine que la question soit claire... Nous allons lui demander le conseil suivant : semble-t-il capital et utile d'aller chercher des outils pour commencer le grand projet de culture que mes enfants se mettent en tête de réaliser ?

— Pas à ce jour, en effet, ton intuition de mère est solide et stable, comme tu le dis si bien. Il y aurait de bons outils dans le hangar qui pourraient servir encore, même s'ils ne sont pas motorisés. Après, s'ils manquent de savoir-faire, allez quémander des savoirs auprès des vrais cultivateurs. N'hésitez pas à discuter autour de vous car les gens du terroir sont de vrais savants concernant « la Terre et son pouvoir maléfique », bref autour des cultures ratées et son pouvoir tout à fait miraculeux lorsque les bourgeons n'ont pas été détruits pas des bactéries, des gelées ou des myriades de pucerons. Ils savent utiliser le potentiel de la Terre à escient. Renseigne-toi à proximité. C'est très tendance, la proximité ! On va dire qu'il est donc tendance aussi. En plus d'être juste, à mon avis.

— Mouais... je vais aller quémander une soupe de savoirs en les rassurant sur le fait que tu assumes de quoi me faire manger, même si mon potager foire. C'est une bonne idée. Je n'y avais pas pensé...

— Et moi, je vais foncer au supermarché acheter les repas suivants, tu vois, nous sommes une team imparable ! Rolf, que se passe-t-il en ces temps sur la Terre, côté légumes ?

— *Il se passe un désespoir des substances utiles à la nature, devenue une triste zone pestiférée de produits toxiques avec un très gros programme qui ne tente pas de la nettoyer, mais d'en ajouter. Sans que vous le sachiez. Même du côté bio, on cherche, on cherche... et parfois on tombe sur de mauvais produits pour la santé. A ce jour, la Terre se rebiffe de ces trop nombreuses substances et toxicités qui se sont accumulées, donc elle va faire de nombreux soubresauts qui ont toujours existé, cependant, là, de manière rapprochée. Tsunamis et tristes autres catastrophes climatiques sont à prévoir. A ceci près, c'est que nous veillons et que certains jeunes enfants ont l'envie de faire le bien, le mieux et donc le plus juste. Encourage-les, lançons un grand projet, apprenez et nous vous donnerons sur votre chemin de quoi vous aider.*

– Cool, il a entendu. Ils vont peut-être me proposer de m'accompagner dans ma quête aux pucerons et dans mon envie de faire pousser !

– Va, mon poussin ! Pousse, pousse !

– Maman... cesse de m'appeler comme cela ! Je suis Jason grandi, tu comprends ça ?

– Je sais, je vais faire un effort... promis.

– Donc, je récapitule : je vais faire mes devoirs en faisant de bons gros modes d'emploi pour faire pousser notre future pitance et toi tu fonces au supermarché, c'est cela ?

– Bien compris ! 5 sur 5. Le HP est lancé... Que les pucerons et autres fléaux se tiennent à carreau ! »

✦

« Tu sais, je me suis sentie mal cette nuit, c'était étrange.

— Moi aussi, j'ai très mal dormi.

— Moi, très bien… mais ultralourdement.

— On pourrait demander à Rolf ce qui s'est passé ? Cela vous tente ?

— Ouais… on ne sait jamais, qu'il éclaire nos lanternes.

— *Vos lanternes, aussi communément appelées âmes, ont une diffusion de la lumière plus ou moins forte. La diffusion est enchanteresse lorsqu'elle a une diffusion saine, douce et clairsemée, tout à fait chatoyante et qu'elle relie les gens entre eux, elle rend la vie belle et harmonieuse. Il existe divers crans de lumière, la lumière de ceux qui font du mal, la lumière de ceux qui font du bien. Ceux qui font du mal lancent des javelots de lumière stridente, des jets clairs obscurs voire des obscurcisseurs, je ne sais pas trop comment vous la décrire en termes humains, c'est comme une flèche, un boomerang qu'ils… ont en retour. C'est sans doute la seule chose qui soit rassurante : ils l'envoient et, en retour, ils nourrissent des longueurs d'onde qui leur reviennent dans la* tête un jour où l'autre. *Parfois, ils sont si insensibles que le javelot de retour ne leur fait rien mais il trace, et trace encore, et, un jour, il pénètre violemment dans leur être. Ce qui crée un certain nombre de violents accidents ou des choses assez vulgaires en termes de sortie de la Terre. Des décès hards, des choses peu appréciables, pour ne pas dire terrifiantes. Parfois, la mort n'a rien à voir avec l'âme qui peut rester pure, toutefois fréquemment, le retour de javelot est une suite de conséquences. Donc cela, c'était pour la partie de la lumière sombre. Toutes les lumières existent. Une douce et simple, une petite fluide, une grande forte, une dense mais éteinte, une royale très lumineuse, bref. Les âmes sont des joyaux de la luminescence… si nous savons les observer. Les corps sont aussi porteurs d'une luminescence. Or, parfois, il faut savoir que les âmes transmettent des messages plus puissants que d'autres. Les « âmes canals » sont ultra joyaux, top luminescence, mais leur corps rame un peu et le psychisme aussi, surtout lorsque la lumière qui se transporte fait trop de passages. Car elle se diffuse et doit cheminer sur la Terre. Des boîtes téléphoniques ! Des bornes wifi. Des antennes. En quelque sorte. Nous envoyons à certains individus un flux constant, à d'autres un flux dissolu dans des choses un peu cryptées qui vont s'avérer utiles parfois, par intermittence. Nous cryptons des choses étonnantes selon les âmes. Et cette nuit, mes amours, vous avez bien travaillé. Un grand flux a pu passer dans votre cabane, autour et sur la Terre, grâce aux postes ultra sympathiques que sont vos âmes. Des bribes de luminescence, en quelque sorte. Ensuite le matin, si la lumière fut forte, le corps manifeste son besoin de manger, de bouger et de sortir de ce flux qui n'est pas très compatible avec ses cellules de véhicule incarné. Un tel flux constant serait délétère pour vos cellules, à moins d'avoir un système nerveux en béton, elles ont besoin de nourriture. A moins de jeûner, mais dans ce cas, le flux se poursuivra d'autant plus fortement, car le peu d'énergie que le corps appellera ne sera pas suffisant pour fermer un peu le canal. Donc marcher, bouger et même aller travailler pour certains. Le plus grand taux de lumière passe la nuit et non la journée, car vous dites moins de bêtises en dormant !*

— T'es cool, toi... des bêtises ? On aimerait t'y voir, incarné !

— *Tu as raison, Jason, le plus difficile, c'est de faire ce que vous avez très bien fait cette nuit, c'est-à-dire que vous avez permis à la Terre de recevoir de très belles ondes en téléchargement et de très beaux séjours chez nous.*

— Séjours chez vous ? Explique.

— *De très grandes énergies vous font voyager par-delà la Terre, loin de vos corps. La réintrojection dans vos êtres incarnés peut peser, comme après une mort clinique ou une sortie astrale trop immense.*

— Je suis « sorti » ?

— *Pas en conscience, mais fortement accompagné. Vos êtres ne peuvent guère faire ces séjours en plein jour.*

Les personnes qui font des sorties astrales ne sont pas toujours aussi bien accompagnées...

— On résume : nous avons fait passer une belle lumière et c'est tout. Tu vois, Amandine, pas de quoi en faire un plat !

— Toi, tu as dormi... moi pas, c'était flippant.

— *Le flippe que tu as ressenti était l'inhabituelle longueur d'onde autour de vous. Une simple longueur d'onde aurait été normale, mais cette nuit fut un grand chargement. Et comme vous avez su rester solides, nous le referons. Rares sont les humains qui font passer autant de lumière en famille, tu sais.*

— Bien réussi, maman, ta famille !

— Tu sais, je me sens totalement éteinte dans mon corps. Même si lui me dit très allumée dedans, je ne crois pas qu'un seul homme bienveillant me verrait comme un réverbère attrayant après une telle nuit.

— *Détrompe-toi, tu dégages quelque chose d'incroyable que certains humains sentent, même s'ils n'en sont pas conscients. Une telle chance évolutionnelle d'avoir autant de lumière diffusée à disposition ! D'autres, s'ils sont très « habités », en seront violemment dérangés car la lumière nettoie partout où elle va. Si tu souhaites nettoyer un endroit extrêmement sale qui permet le squat de plusieurs esprits sombres, alors il faudra mettre en joue la lumière telle une corvée de nettoyage et eux sentiront que c'est lourdement « défec-*

tueux » dans leur logis. Puis, si cela s'allume vraiment, ils quitteront l'espace ou l'individu squatté.

– La lumière nettoie, soit, mais c'est touchant, mon corps est si pesant…

– Pesant de lumière, oui, tu pèses lourd chez nous ! Non, je plaisante. *Le compte cosmique d'un être se quantifie en lumière dégagée et non pas en tâches réalisées, ni en start-up concrétisées. L'être profond dégage plus ou moins de lumière et rejoint donc ou non, plus ou moins vite, la lumière après sa mort. Les êtres de lumière permettent aux autres de passer dans la lumière, mais le compte bancaire lumineux ne se comptabilise pas comme chez vous, il doit se renflouer par des actes délibérés. Et ce que vous faites ici, en déménageant, en souriant, en cherchant les meilleures pistes pour vos trois chemins est un acte délibéré, vois-tu ?*

– Actes délibérés. Vous entendez, les enfants ? On est dans le juste et on a bien fait. Votre jardin sera une merveille, vos études vont resplendir et moi je serai une vieille dame adorable ! Chouette, non ?

– Tu n'es pas vieille.

– Non, mais j'aspire à l'être, parce que plus il me parle de son univers de lumière et d'ondes splendides et mieux je me porterai sans ce corps du matin altéré par les luminescences de mon âme.

– Je comprends, dis comme cela. Je me sens si vieille aussi... Cuite de chez cuite et ultra lente aussi.

– *Ton tempo va se fluidifier, Amandine, au fur et à mesure de ta destinée et de tes actes délibérés. Vos choix sont très importants sur Terre. Poursuis et nous t'aiderons pour tout ce que tu entreprendras.*

– La bonne étoile... c'était vous ?

– *Bien dit ! Un genre de grosse bonne étoile qui te suivra pour tout ce que tu feras. Avec des « comme moi » et d'autres infrastructures qui vous visiteront selon l'activité lancée. Vive les ascensionnés !*

– Ok, je trouve la vie pas si mal, dit comme cela. Je finis mes études en ligne, je cultive, je brille la nuit et ils m'aident la journée. Je meurs, gros compte cosmique. Bon deal, non ?

– Ma chérie, c'est sans doute un peu vite résumé, mais vous adorez récapituler, donc allons-y. Tous au petit déj !

– Tu crois qu'ils mangent, chez Rolf and Co ?

– De la lumière, oui ! »

« Rolf... je perds la vue très rapidement.

— *Ne t'inquiète pas, la vue est relative à la quantité de lumière que tu diffuses. En effet, lorsque tu es très ouverte, tu vas fondamentalement perdre la vue extérieure en proportion à la dimension intérieure où tu vois de mieux en mieux. Ce n'est pas un transfert, c'est une dimension différente. Parfois, ta vue sera suffisante sur Terre aussi. Sauf que tu viens d'ouvrir fondamentalement et puissamment, alors c'est ton regard intérieur qui ressent et voit, tu sais un genre de troisième œil ou glande pinéale qui stimule ton cerveau différemment. Plus tu vois dedans, moins tu verras dehors. C'est inéluctable.*

— Sympa. Comment puis-je me rassurer ?

— *Regarde si durant la journée tu vois quand même correctement, vérifie auprès des ophtalmologues, mais ne leur parle pas de cette divergence de vision selon le moment de la journée. A l'instant où tu nous captes, tu vois moins dehors. Regarde la pièce, regarde le paysage... maintenant.*

— En effet, c'est flou.

— *Alors reviens vers moi. Lorsque tu me ressens ou que tu m'entends, tu as ton regard intérieur qui s'est activé. Tu auras besoin d'aide pour ta motricité et ton regard extérieur. Prévois simplement.*

— Vieillir ainsi, cela donne quoi ?

— *Peu d'ancrage, assez peu de force parfois, mais plus que tout le monde lorsque c'est ultra nécessaire, sinon à l'économie.*

— Une feignasse !

— *Rigole autant que tu voudras, mais le fondement de ton existence te permettra de travailler et de tout assumer mieux que de nombreux autres individus sur Terre. Dans toutes les dimensions ! Tu le fais très bien d'ailleurs.*

— Merci. Le travail cosmique serait donc une aubaine.

— *Actuellement ? Sur Terre, pas tellement confortable… mais tellement capital que c'est urgent et essentiel. En effet.*

— J'ai signé avant de venir ?

— *Tous les humains signent, voyons ! Aucun n'a été diffusé par des zones inconnues !*

— Je vois. Dois-je expliquer aux enfants ma vision flamboyante dedans et décrépie dehors ?

— *Pas nécessairement, libre à toi, en revanche, ils doivent t'aider car ils sont moins ouverts que toi en certains moments. Tu apprendras à sentir s'ils sont open au* céleste et donc épuisés… ou juste en flemme d'ados mal finis.

— Ce qui est réjouissant avec toi, c'est que tout est clair, même si rien n'est garanti. J'essaierai de sentir…

— *Ton épuisement littéral lorsque tu fais passer de la lumière est légitime, prends de l'aide autour de toi, fais moins de choses en confrontation avec le monde pendant ces téléchargements. Nous restons attentifs et près de toi.*

— Pourquoi moins de choses avec le monde ?

— *Parce que tout le monde est en quête de lumière intérieure, même s'ils ne s'en rendent pas compte, les gens vont te vider, t'aspirer, te fuir, te coûter, te demander inconsciemment de les nettoyer. Rien n'est neutre autour de toi, tout est transfert incessant entre zones, espaces et dimensions. Sans que tu t'en rendes compte.*

— D'où cet inconfort en sortant faire de simples courses ?

— *Oui, en faisant un marché à l'extérieur avec peu de gens, c'est différent, c'est dehors. Dehors, c'est plus fluide et plus difficile à choper. Avec du monde, c'est clairement impactant. Dedans, en espace restreint, c'est plus mélangé. Évite l'heure d'affluence, par exemple. Prends des précautions avant les courses et après, car si tu restes ouverte, il te faut demander une protection rapprochée.*

– Ok. Tout cela devient très nouveau. Je fonçais tête baissée dans la foule en me disant que ma vie était super, avant...

– *Tu vidais tes batteries à la vitesse du vent et tu n'en avais plus suffisamment pour toi, ni pour les enfants en rentrant, ni pour faire fonctionner le moteur inhérent à ton âme.*

– Moteur ?

– *Genre de turbine qui télécharge et transfère la lumière, puis qui nécessite de l'eau et un moulin. Je veux te dire par là que tout est correctement mis en place lorsque ta vision intérieure rejoint la nôtre, qui se lie à l'univers et ainsi ton âme vibre sur Terre, exigeant donc un espace rétréci protecteur ou moins de confrontation avec les autres en mal d'amour. Tu comprends ?*

– Le mal d'amour, très bien. Je le vois dans les regards des humains. De trop d'humains.

– *Apprends à prendre du recul, tous ne seront pas sauvés, tous ne sont pas prêts à ascensionner. Prends soin de toi.*

– Merci. Toi aussi.

– *Avec les infrastructures que nous avons tous autour de nous, tout le monde prend soin de... Chez vous, parfois, vous êtes dénutris de l'amour cosmique sur Terre et de la lumière diffusée près de vous.* »

✦

« *Le destin des uns ne correspond pas du tout aux envies des autres. Et vice versa.*

— Salut Rolf. Mais encore ? De quoi parles-tu ?

— *Je parle de tous ceux que tu croiseras désormais. Tu auras des gens dubitatifs qui ne viendront jamais te voir, d'autres qui viendront avec joie mais ils te jugeront vivement, d'autres vivront l'inverse et qu'importe. Ce que je veux te transmettre par ce biais-là, c'est que tu n'as pas à porter la destinée de ceux que tu croises. C'est important ce que je te dis car parfois, en tant que clairaudient, on se sent responsable de dire, de transcrire, d'expliquer, or tel n'est pas ton destin. Point.*

— Ok, donc je suis fixée. Et toi, ton destin est… ?

— *Ce n'est pas une « destinée ». Reprends la base de ton vocabulaire ! Je ne peux avoir de prédétermination de ma vie par une puissance supérieure ! Voyons.*

— Il y a des jours où je me demande ce que cette voix est. Ce que tu es vraiment. Moi ? Une parcelle de moi ? Un bout de mon âme ? Une déconnade intérieure ? Une bouffée délirante ?

Cependant bien trop sage à mon avis pour être délirante ou seulement moi... Un vrai Guide ? Une parcelle de Dieu ?

— *Avant de t'aventurer sur ce terrain, poursuivons simplement ma conversation initiale. Ne prends pas en charge le destin des gens. Réalise le tien, déjà cela. Enfin, c'est suffisamment difficile pour que tu ne veuilles pas porter le monde. Agir dans le monde, vibrer, briller, lancer autant de lumière que tu le souhaites aidera déjà la multitude mais les gens, un à un, vont souvent te décevoir.*

— Pourquoi ?

— *Parce que les gens... les individus, ont d'autres destins que toi et surtout une autre façon de le gérer. Parfois fun, mais tristes dedans. Parfois explosifs, douloureux ou très colériques, mais pleins d'humour. Parfois, évaporés. Parfois ils sont endormis, rien ne se déroule, et c'est triste aussi. Bref, autant de destins possibles et imaginables.*

— Tu en as des doux, des bons, des joyeux ?

— *Oui, plus l'âme est éveillée et mieux elle surfe sur la dure réalité de ce qui se déroule en ces temps sur cette Terre de souffrance (qui insuffle chez quiconque vient la visiter une admiration pour tous ceux qui y sont antérieurement allés. Car belle elle est, mais nauséabonde aussi).*

— Qu'est-ce qui prime ? Car ici, en Bretagne, cela fleure bon le sel, le chouchen et la candeur pour moi.

— *Toi, tu resplendis dedans. Tu aimes ta famille. Tu apprécies les voisins et tu adores te promener. Donc c'est un état de fait, c'est fun, beau, doux et joyeux. Mais attendons les difficultés pour voir réellement qui tu es.*

— Difficultés il y aura ?

— *Mais « toujours » il peut y en avoir, de-ci de-là, parfois...*

— Alors, merci pour la précision. Et tu as raison, on ne sait véritablement qui nous sommes que lorsque nous avons réellement eu des difficultés. Divorce, décès, galère financière, de santé, de couple, de famille, de communication. Et là, on voit vraiment si l'être rebondit.

— *Pas seulement rebondir, arranger, faire des concessions aussi, vibrer, briller tout de même malgré les difficultés de la lumière des Justes.*

— Mes enfants ne se rendent pas compte...

— *Leur génération n'a manqué de rien, ils savent aimer, ils sont venus pour faire la suite. Laisse-les grandir dans cette félicité d'avoir une mère aimante et ensuite ils auront le temps de régler leur ego sur celui des autres, avant de le ranger pour mieux le dépasser. Tu vas voir, ils sont venus faire autrement. Toi... tu as perdu une bonne paire de décennies, eux pas encore.*

– Chouette pour eux, je suis bien ravie. Merci pour toute cette influence, damoiseau dedans. Que j'apprécie autant que faire se peut. Un peu trop ? Suis-je dépendante ?
– *De mieux faire pour plus briller dedans ? Jamais ! Seule la réalisation montre les vrais faits bien gérés dedans. Et si c'est bien dedans, c'est juste dehors.*
– Même lorsque ce n'est pas rassurant ?
– *Oui. Prends bien soin de toi. Et bonne nuit.*
– Je ne dis plus « toi aussi », je m'améliore. Mais que dois-je te souhaiter ?
– *De veiller sur toi, encore et encore.*
– Alors bonne veillée ! Je fonce me coucher pour reposer mon corps et laisser mon âme voyager à travers les espaces et les temporalités juxtaposées.
– *Qu'il en soit ainsi.* »

« Jason ! A table !
– Oui, j'arrive, je dois encore finir un rang !
– Il ne s'en sort plus, avec son jardinage.
– Mais non… mon frère est simplement passionné et ce que je vois, c'est qu'il ne l'a jamais été autant.
– Cela vient de quoi à ton avis ? Un film ? Une fille ? Un challenge avec des potes ! Un pari ?
– Pourquoi es-tu si défaitiste avec ton fils ! Voyons, il est grand et commence à savoir ce que son destin lui désigne de faire, tout bonnement.
– Trop simple. J'attends la suite… Et surtout de voir combien de temps cela durera.
– Au moins la saison des récoltes, j'espère.
– Tu l'accompagnes comment ? Il te demande de l'aide ? Es-tu aussi passionnée ?
– Non, j'ai des amis sur la plage, mes cours en ligne et aussi de quoi veiller assez longtemps à ressentir ce qui sera juste pour l'année prochaine, cela me prend pas mal la tête…
– Quoi ? L'écologie mondiale ? Ta destinée ?
– Maman… tes questions sont pesantes ! Laisse-nous dire !

– Et… ?

– Et rien, ce soir je ne sais pas.

– Au moins, la conversation a été utile à mon encontre. Te laisser me dire et me taire un peu plus, c'est juste ?

– Pas vraiment, car tu dois me regarder et me demander comment je vais, c'est très important, sinon je n'existe pas.

– Ma chérie… un souci, ces temps ?

– Pas vraiment. Enfin si, un garçon et deux filles en même temps.

– Diantre, quel profil !

– Arrête. Ton sarcasme ne m'accompagne pas sur le chemin de l'écoute intelligente qui permet de tout dire en retour.

– Donc, si je résume, les mamans doivent se taire, mais poser des questions, être là, à l'écoute, pas trop demander, mais savoir si cela va. Surtout pas trop sourire. Et attendre que le ou la jeune veuille bien en dire plus.

– Non, je crois que la bonne recette, c'est être là et aimer… et tout en découle.

– Bien, alors c'est gagné ! Je t'aime tellement profondément et constamment !

– On pourrait parler avec Rolf aussi ?

– Il est plus passionnant que moi, à ce que je vois !

– Pas plus passionnant, mais là on tourne en rond... tu vois bien.

– J'essaie de progresser, je t'assure ! Essaie de me dire, avant de le questionner, ce qui te tracasse.

– Mon identité ! Tu comprends ? Je suis attirée par tout le monde.

– C'est gênant, en effet.

– Pas seulement gênant, je suis ultra à l'aise avec l'idée de ne jamais former de couple, mais rester ouverte à tous... C'est bizarre, non ?

– Tu as raison, vite demander à Rolf de là-haut s'il trouve l'info plus logique que nous, parce que là... je t'avoue que c'est, pour moi, malgré mon ouverture d'esprit, un peu perturbant. Une légère allure de bacchanales...

– Un psy me dirait autrement. Du genre : « Et toi, tu le ressens comment ? Comment la trajectoire de tes pensées prend forme ? »

– Tu regardes trop la télé ! Tous les psys ne te diraient pas cela.

– Rolf, alors ?

– *Chers tous, point de panique, ce qu'Amandine essaie de te dire, c'est simplement que son âme est en expansion.*

– Va-t-elle aimer l'humanité entière ? Elle va être très occupée...

— *Non, pas encore, loin de là, mais ses énergies se contractent en groupuscules avec ses propres sentiments, qui sont eux-mêmes encore diffus. Donc, dans l'ensemble, elle va très bien s'en sortir, mais son attirance n'est pas uniquement sexuelle. Elle est d'ordre cosmique, âme, énergie, autre, au-delà.*

— Eh bien voilà ! Avec lui, deux phrases et Bam ! C'est réglé. Bonsoir !

— Tu pars déjà ?

— Non, je rigole. Viens, on va manger sans Jas. Il va arriver affamé quand il aura terminé et moi je dois manger pour me remettre de mes émotions. Il n'y a pas pire pour une jeune comme moi que de ne pas comprendre ! Bon sang de bonsoir, comprendre ! Lui, il est top pour les modes d'emploi.

— C'est bien connu, les êtres éveillés passent leur temps à faire des modes d'emploi aux humains ! Tu as raison, on va l'utiliser comme cela dorénavant, on va l'appeler à chaque montage de meuble et chaque décision à prendre. Un choix... Paf ! Un mode d'emploi.

— Sans blague, c'est une sacrée idée !

— *Dans un espace sacré, il y a un tempo sacré et une optimisation pour ta personne de chaque épisode de vie, en effet. Mes « modes d'emploi » n'en sont pas, ils sont un simple éclairage de ce que l'humanité comprendra mieux dans quelques siècles. Je suis très en avance sur mon temps.*

– Petit cachotier, va !

– On a de la chance d'être visité par lui et d'avoir l'honneur de pouvoir lui parler.

– Dis plutôt que tu as un bol d'enfer de parler avec le ciel qui représente un plus en bas, cela serait plus clair comme ça !

– La trajectoire des pensées ados... Je t'adore.

– Oui, c'est pour cela que je te dis ce que je vis sincèrement. Bon, pour revenir à mes émotions, il s'appelle Henri. C'est moche comme prénom, non ?

– Comment peux-tu dire cela ? Ses parents ont senti un prénom. La tonalité de ce prénom lui convient peut-être dans le fond.

– Il est trop choooouuuuuu.

– Son prénom ?

– Non, mais j'en arrive à le trouver chou même avec son prénom.

– La forme, la façade et le fond, le dedans, Amandine, n'oublie pas. Il nous l'a dit souvent...

– J'aime le fond d'Henri, les notes suaves de chacune des lettres de son prénom...

– En effet, tu as l'air crochée. Tu brodes le lien en fils d'or, tu tricotes savoureusement... Comme quoi il ne faut jamais s'arrêter sur un prénom, il se teinte de l'être intérieur.

– Avoue que c'est un ancien prénom.

– Ils auraient pu l'appeler Tukdulg ou que sais-je encore.
– Ça va, on n'est quand même pas en Islande !
– J'ai failli appeler ton frère Aldebert !
– Tu rigoles ? Qu'est-ce qui s'est passé ?
– Ton cher père avait un contentieux avec sa famille et devait absolument utiliser un ancien prénom d'un ancien ancêtre et je n'ai pas eu la force d'imposer mon Aldebert...
– Bienheureuse fatigue de l'accouchée... Et moi ? Une autre fioriture de la sorte ?
– Non, pour toi... il n'était pas là. Il devait « travailler » et le temps qu'il arrive, le prénom était posé.
– Il n'a rien dit ?
– Pas vraiment. Il était « occupé ».
– Pauvre maman.
– Pauvre douce aussi, ton papa n'était pas vraiment en face pour toi.
– Parce que pour Jason, il l'était ?
– Pas vraiment non plus. Que veux-tu, j'ai visiblement coché dans ma fiche technique : faire une famille sans père.
– Et lui : damoiseau en rut n'assumant pas. Cours toujours papa, il faudra rattraper... un jour ! Tu vas voir, il va se réveiller.
– Pour lui, c'est post-mortem, tu ne crois pas ?

— Qui sait. Je pense à lui parfois, je rêve de lui deux ou trois fois par année, lui ne m'écrit pas. Mais peu importe, la trace que j'ai semée au fond de son cœur germera peut-être un jour.

— Parfois, certaines graines s'étiolent et fleurissent dans les cimetières.

— Tu es macabre. Moi je dirais que les graines non germées seront trouvées des millénaires après, par un scientifique érudit et tellement compétent qu'il saura les réactiver, tandis qu'une jeune damoiselle saura lire la graine magique de ma semence mentale. Tu vois.

— Amandine, écris, vraiment. Use de ton savoir féérique avec tes mots pour te faire du bien et cela sera tellement beau à lire.

— Tu crois ?

— Certaine.

— A table ! Je suis là !

— Jas, on a fini... mais il t'en reste bien suffisamment.

— Vous avez bien fait. J'ai raté quelque chose ?

— Un mode d'emploi de Rolf et de grandes conversations sexuelles.

— Ok, je passe ! »

« J'ai réussi !
– Quoi ? Tes examens ?
– Non, ma plantation ! Les résultats des examens sont demain.
– Je viens voir, j'arrive mon grand. Je suis si fière.
– Attends de voir, c'est splendide !
– Quoi... montre-moi. Je ne vois pas bien.
– Si, penche-toi ! J'ai fait comme toi. J'ai beaucoup travaillé avec les nains, fées, elfes et autres peuples zarbi et... regarde ce mini bourgeon de vie qui émerge de l'intra-Terre !
– Là ?
– Non... là ! Regarde mieux.
– Ah... je vois clairement mieux, en effet.
– On va fêter cela au chouchen !
– Cela va faire cher la saison de culture !
– Maman...
– Je rigole mon chéri, je suis fière de te voir aussi passionné. Étonnée. Dis-moi, c'est de la

science-fiction ? Un film ? Un devoir planétaire ? Une mission. De l'esclavage ? Un pari ?

— Tu recommences à ne pas croire en moi, c'est décevant.

— Non, mais tu n'as jamais rien fait avec autant de conviction.

— Alors aie foi en moi ! Zut à la fin.

— Ne te vexe pas. J'ai foi en toi dans le fond, mais j'accompagne financièrement tes études et... le fondement même de la suite de ta vie repose sur « maintenant », tu comprends mon questionnement ?

— Je sais, maman, c'est bien triste pour mes amis. Je les quitte. Je sens une mission toute différente. Un genre de prise avec la Terre, un sacerdoce.

— Euh... tu as trouvé de nouveaux amis ?

— Non, pourquoi ?

— Ces idées te viennent d'où ? Une nouvelle série ?

— Tu crois franchement que les séries vont m'apporter la foi en la Terre et un tel émerveillement ?

— Je ne sais, il existe tellement de films touchants sur ces jeunes qui quittent tout pour aller au-devant de belles valeurs et de solutions planétaires.

– Oui, en effet, mais ce n'est pas cela. La Bretagne, l'envie de bien faire, le fait de vouloir quitter la vie sur Terre avec de la joie au cœur, cela passera désormais pour moi par le fait de voir pousser les herbes et autres plantations ! Na !

– Très bien, alors investissons à fond ! Tout ! Motoculteur, la totale !

– Tu es sûre ?

– Oui, je vais rafraîchir la mémoire de ton père et toucher à de belles réserves qu'il avait, normalement, allouées à vos études et à mes difficultés lorsque vous auriez 20 à 25 ans.

– Je dois attendre deux ans ?!

– Ne sois pas stupide. Tu as tellement mûri ! »

« Paul, c'est Alice. J'aurais besoin de toi.
– Écoute, là, je n'ai pas trop le temps, mais je te rappelle ce soir.
– Non, c'est maintenant ! Je crois que tu peux allouer quelques minutes par année à la mère de tes enfants !
– Ne reviens pas là-dessus inlassablement.
– « Minutes » par année !
– Bon attends... je sors de la réunion... Comment vont les petits ?
– Sais-tu seulement l'âge qu'ils ont ?
– Environ. Bon, dis-moi, tu veux de l'argent ?
– Tu es pitoyable, côté spiritualité.
– Je suis très spirituel selon mes collègues pourtant.
– Laisse tomber. Je vais réfléchir à la définition du mot spirituel plus tard. Là j'aurais besoin d'un investissement massif pour ton grand.
– Jason ?
– Oui, ton fils ainé.
– Dis-moi, sans souci...

— Ce n'est pas l'aîné !!

— Tu chipotes ! Combien et pour quand.

— Tout de suite et 20'000.

— Bon, je passe à la banque et c'est Ok. Embrasse-le bien de ma part.

— C'est pour se droguer.

— Tu plaisantes, je le sais. Tu es parfaite, une mère parfaite, une femme idéale, une âme splendide, je sais que j'ai tout raté et que je reviendrai du paradis que je vis pour revenir dans un monde comme le tien un jour. Mais là, je suis pressé.

— Pitoyable.

— Ma fille a-t-elle des besoins ?

— De grands besoins d'affection, oui.

— Tu sais si bien t'y prendre avec les enfants…

— Ce ne sont plus des enfants.

— Vu la somme j'avais compris. Fois deux. Bise ma poule ! »

« Ça va, maman ?

– Je viens de me faire traiter de « poule » par ton père, j'adore toujours la sensation unique qu'il laisse derrière ses simples phrases. C'est épouvantable. Je pleure et je ris en même temps. Franchement, vous êtes plus heureux sans lui.

– Comment a-t-il osé dire cela ? Il ne te voit jamais et je trouve que tu n'es pas vulgaire, moi.

– Merci, ma chérie. Je crois que cela valait le coup, j'ai obtenu 40'000 francs suisses pour un mot de « poule ». Cela va aller, je vais m'en remettre. Le plus difficile est de surtout ne plus pouvoir imaginer comment j'ai fait pour le supporter.

– Cela devait être…

– Terrifiant. Mais parlons directement de lui sur un autre plan, sinon je vais devenir très « vulgaire » justement. Attends. Je me calme un peu et j'appelle Rolf.

– Il est là, il t'envoie une douce chose qui surfe autour de toi, c'est très beau.

– Merci, ma douce. Je m'en veux de m'être laissé embarquer par ses énergies, elles sont toujours identiques, mais il réussit toujours à me décevoir… c'est dingue, ça !

– *Avec le temps, ses longueurs d'onde ne te toucheront plus. Je te conseille de l'appeler chaque jour pendant quinze jours pour t'en vacciner.*

– Mon Dieu, que pourrais-je bien lui demander !

– *Rien, juste lui parler et lui rendre la pareille. Lui dire que, chaque soir, tu vas l'appeler pour t'entraîner à ses stupidités.*

– Aurais-tu mieux, pour peaufiner le dossier ?

– *Bien entendu, le must est de l'aimer. Lui envoyer de la lumière et savourer ce moment décisif où il la recevra. Peut-être jamais, peut-être pas maintenant… mais lui envoyer de la lumière et la déposer à ses pieds pour qu'il se serve à volonté.*

– C'est beau, comme système. J'adhère.

– *Tu es trop bonne… il y a des risques qu'il s'en nourrisse, mais il sera alors obligé de se référer à l'envoyée, car chaque énergie porte la trace de la signature ADN de l'âme, si je puis m'exprimer ainsi.*

– L'ADN de l'âme… cool comme concept.

– *Et Amandine pourrait, elle aussi, lui envoyer sa « graine de lumière », comme elle l'appelait l'autre jour, le porter dans ses prières et demander ceci : faites que* mon père soit éveillé. C'est une belle prière qui conviendrait à tout le monde, in fine. Utilisez-la et dormez mieux.

— Merci Rolf. C'est peu engageant, juste après avoir entendu le son de sa voix, mais, dans le fond, cela ne sera pas difficile à faire. Je me réjouis d'essayer. En attendant, ma belle, allons porter la bonne nouvelle à ton frère, nous avons une marge de 30'000.- d'investissement pour vos études.

— Il t'a vraiment donné cela, papa ?

— Pas tout à fait, un peu plus, mais on va s'arranger pour bien structurer la suite de vos destinées. Qui sait ce que notre avenir nous coûtera en jardinerie ! Nous allons bientôt y créer une résidence secondaire, si cela continue !

— Il est chou mon frangin... avec ses plantounettes.

— Plantounettes ou pas, ton papa paiera ! »

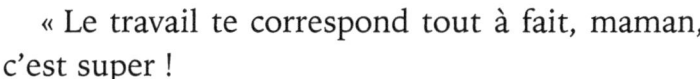

« Le travail te correspond tout à fait, maman, c'est super !

– Tu crois que cela ne fera pas trop d'un coup, de retourner travailler et de veiller sur vous à distance ? Je vais avoir de quoi m'inquiéter.

– Tu vas surtout avoir du temps libre en moins, mais nous concernant je ne vois pas la différence. Vu notre âge !

– Ton « grand âge » te permettra de rebondir, ma chérie, merci de m'en informer. Bon... je commencerai bientôt et il faudra structurer ton frère.

– Nop, il va se structurer tout seul. Il était temps !

– Tu pourras quand même...

– Non ! Sois tranquille... il va plus grandir que souffrir de ton départ de maman-poule-toujours-présente-et-constamment-propice-aux-meilleures-élaborations. Te rends-tu compte qu'à chaque fois que nous nous posons une question, tu y réponds ?

– C'est le rôle d'une maman, non ? Tu préfèrerais que je me taise ? Que je te regarde avec amour et que je te dise avec patience : « cherche ! ».

– Non, cela fait un peu toutou. Une maman de rêve, elle nous répond avec douceur et elle sait quand il faut se taire aussi.

– Cela sous-entend ?

– Que je vais devoir me passer de toi ! Viens que je t'embrasse.

– Je sens une pointe de deuil tout de même à faire, dans le son de ta voix.

– Une vraie libération, tu veux dire !

– Pourquoi cette larme, mon cœur ?

– Larme de joie de te voir partir... non, je plaisante. On va y arriver. Moi je travaille mes cours, il est devenu passionné, d'où pourrait bien provenir la difficulté ? Nous serons cocooning et en sécurité, les voisins nous adorent, tout ira très bien.

– Les humains n'aiment pas trop les changements... On demande à Rolf de nous rassurer ?

– Tu vois, quand maman ne suffit pas, on a super nounou cosmique à la rescousse !

– *Merci pour la nounou cosmique ! Je suis ravi de participer à votre éducation ! Bon, concernant ton départ, tout était prévu, ils sont sécurisés, bien installés et occupés, donc le retour n'en sera que plus réjouissant en fin de journée.*

— Même si j'arriverai tard ?

— *Alice, tout deviendra différent encore quand ils seront partis les deux de ton habitacle. Pour le moment, c'est un peu dense, mais quittant le nid, cela deviendra différent encore. Et puisque tu parlais des changements, l'humain crée constamment des changements et les vit indubitablement. Seulement rares sont ceux qui ont compris combien cela fait partie de l'évolution spirituelle de vieillir, grandir, devenir âgé et mourir.*

— En d'autres termes, les humains aiment peu les changements, or ils pourraient en profiter pour évoluer, pourtant ils ne peuvent guère évoluer sans changer ?

— *Non, changer est possible sans évoluer, mais évoluer rarement sans changer. Ce que je voulais t'expliquer, c'est que le changement nécessite une nouvelle équation, de l'énergie, des modifications dans l'espace et le temps et donc... une nouvelle restructuration pour modifier votre parcours... en mieux. Et c'est ce que tu fais depuis des mois ! Tu changes ton optique, tes idées, ton mode éducationnel pour un mieux.*

— Merci. C'est tellement cool de l'entendre.

— Pour moi aussi. On pourrait lui demander autre chose ?

— *Vas-y ma puce, dis-moi...*

– Ne serait-il pas possible d'accélérer notre évolution en triplant nos activités ou en appuyant sur un bouton magique ? Comme pour l'humanité ?

– Ni pour toi, ni pour le groupal, il ne sera possible de modifier la trajectoire de l'acquis. Pour acquérir un nouveau champ de conscience, il faut des sauts de compréhension, des actions, tranquilles et variées, y compris dans les difficultés, pour le consolider et cela prend du temps. L'hyperaccélération de l'ensemble ferait sortir l'individu du champ de sa conscience sans respecter le libre arbitre. Le risque serait de ne pas soutenir le nouveau champ vibratoire devenu trop dense, l'être s'étiolerait ou s'épuiserait, in fine, rien ne serait acquis. Cela serait un écueil. Mettre toute l'humanité sur la longueur d'onde qui sera nécessaire et utile dans 200 ans ou dans 3000 ans, ne serait guère représentable de ce qu'elle sera devenue. Il faudrait un changement de concept « dedans ». Et pour changer le dedans, il faut exister dedans en priorité. Vous n'y êtes pas encore.

– Oh oui, j'avais oublié le dedans ! Il faudra que je fasse mon travail, mes trajets et mes pensées envers vous avec le dedans.

– *Avec la lumière intérieure uniquement. En effet.*

– Comment puis-je m'y affilier ? Un abonnement personnel serait-il possible ?

– *Pas d'abo possible ! Juste une alliance, des efforts, des aides et beaucoup d'accompagnements des nuits du-*

rant, année après année, pour arriver à se dire qu'un vrai effort a été fourni et qu'en effet les choses vont se mettre à vibrer différemment.

— Un peu long tout cela, non ? Pour toi ?

— Non, moi je n'attendrai pas jusqu'au bout ! En plus, le moindre effort fourni te rend plus douce et plus lumineuse, donc l'attente n'en est que plus charmante, voyons ! Cela dit, pour l'ensemble de la population mondiale, il y a du souci à se faire. Donc vibrez mes chères, vibrez.

— La sortie du champ, des gens, des groupes, tu m'expliques mieux ?

— Si tu mets 10'000 volts dans une prise de 220, cela fait un truc inimaginable, n'est-ce pas ? Et bien… allumer trop violemment des ampoules trop faibles, cela créerait un court-jus mal à propos et parfois des dégâts, pas uniquement dans le système nerveux, aussi au niveau de l'être profond. C'est la raison pour laquelle parfois il faut éteindre, attendre, ne pas envoyer trop de lumière ou savoir se retirer avec élégance au fil des situations.

— Dingue ! La lumière fait mal ? Maman, c'est dingue, non ?

— Mais logique, in fine. Pragmatique aussi. La juste dose dans la bonne serrure, le bon jugement au moment opportun, sinon se retirer avec sagesse et élégance.

– Donc les gens très évolués se retirent très vite ?

– *Pire que cela, ils ferment les espaces, car ils en ont le droit, le savoir et même le devoir dans certaines situations. Tu vois, parfois, mieux vaut moins souffrir et voir les zones et les espaces se fermer que de les voir bafoués par de tristes ondes inappropriées.*

– Oups… cela doit faire mal d'être devant eux en étant peu à propos…

– *Pas « mal » à proprement parler, mais c'est excluant, directement. Sécateur. Surtout cela soulage immédiatement des instances qui « attendent » l'énergie du dedans qui « devrait » être mise en route dans telle ou telle situation. Si tel n'est pas le cas, fermeture il y a, par protection et libération des choix de chacun, mais si l'être ouvert ferme de son propre chef, cela évite à nos structures d'intervenir. Vogue la suite en assumant ses responsabilités. Qu'il en soit ainsi. Par ailleurs, il y a des êtres éveillés qui ferment aussi les espaces pour en créer de nouveaux, comme des portails nécessaires à un saut quantique, c'est un autre genre qui transfère les informations cryptées, en passation de savoirs ou de modes d'emploi.*

– Cela ne se discute pas trop longuement, j'imagine.

– *La discussion est une invention humaine, jeune fille, pour argumenter les uns envers les autres, pour les gens non ouverts, car sinon il n'y a que des états d'être et de l'harmonie. La discussion intervient uniquement pour remonter le taux vibratoire des humains non ouverts, ma chérie.*

— Que cela soit dit.

— *Que cela soit fait !* »

« *Autour de l'amour, nous sommes tous différents les uns les autres.*
— Pourquoi me dis-tu cela, ce matin ?
— *Parce que je sens bien que les enfants t'intriguent, que les damoiseaux servent une cause qui t'échappe, que les voisins n'ont pas toujours la bonne tonalité et que l'humanité ne pourra pas te rassurer de ce côté-là.*
— Et ? Le thème est… ?
— *La différence interindividuelle. Les gens qui peuvent s'apprécier eux-mêmes ont beaucoup de chance et de bonheur intérieur. Le fameux « dedans » nourri par soi-même est une réelle aubaine intérieure, un bienfait, un câlin dedans, une bouffée de douceur continuelle. Celui qui aime autrui, après avoir réussi cet exploit de s'animer de l'intérieur et d'être fan de lui-même, parvient ensuite à apprécier l'autre, un autre, une autre, puis… d'autres, tranquillement, mais sûrement. Puisqu'il peut s'aimer lui-même, autant que cela serve à autrui : il devient donc une valeur ajoutée pour tous ceux qui vont l'approcher !*
— Une valeur ajoutée ?

— *Certainement ! Celui qui s'aime et qui aime autrui est clairement une valeur ajoutée auprès de toutes les peuplades mélangées ! Ensuite, l'amour du divin coexiste, l'amour du plus grand, des cosmos mélangés, que sais-je encore.*

— Le microscopique aussi ?

— *Le micro est mangé par le macro, il en fait partie de manière intégrée aussi, donc l'amour du « plus » fait l'amour du « moins » grand, bien évidemment.*

— Je déteste les bébêtes virales ou autres bactéries.

— *Justement, si tu t'aimes suffisamment, les animaux microscopiques ne viennent pas perturber ton microbiote et autres microscopiques solutions hydrauliques coexistantes. Donc, si tu possèdes beaucoup d'espace à aimer au fond de toi, peu de place restera pour les « méfaits » d'une maison ou d'une communauté de microbes et autres choses qui squatteraient ton espace intérieur. Remplis-toi d'amour ! En revanche, plus tu auras d'amour de toi et moins les gens l'apprécieront, car ils ne pourront guère subvenir à tes besoins comme eux aimeraient qu'on le fasse avec eux, tu comprends le lien avec l'amour ?*

— Pas encore complètement, j'imagine... mais ce que j'entends, c'est qu'il faut que je m'amourache à fond de ma petite personne pour aimer la grande divinité et le global.

– *Résumé d'humaine en rétrécissement compris. Ce que je puis te rajouter, c'est que plus tu vas t'adorer de l'intérieur, plus les gens vont te découvrir autrement. Sans poids, sans besoin, sans attente. C'est rare de voir cela. Donc un vrai bienfait pour eux, mine de rien, une mine d'or à disposition, sauf s'ils veulent assouvir leurs tiraillements intérieurs ou te soumettre à leur système, auquel cas tu seras pour eux d'une mauvaise utilité, pour leurs besoins mal basés.*

– Donc les tiraillements entre les gens, comme tu le dis si bien, sont des manipulations, des soumissions, des dépendances, des assujettissements, des dictatures, etc.

– *Exactement, dépendances et tiraillements des ondes, des vampirisations de l'énergie vitale et de celle qui frôle la peau, par exemple, que certains savent utiliser pour aller visiter dedans.*

– Donc, si on est plein, rempli, comblé dedans, on devient quoi, pour ces gens ?

– *Inintéressant. Tout bonnement. Des vases vides d'intérêt car trop pleins pour eux, puisqu'ils ne peuvent pas déverser leur poison à l'intérieur.*

– Donc, tu me parles d'amour et cela m'explique les traumatismes et la méchanceté sur Terre finalement.

– *Pas en réduction aussi rapide, mais le dedans peut tout te réexpliquer différemment. Un dedans empli de douceur et de bienveillance envers toi-même remplit l'espace et*

empêche les intrus néfastes du genre de ton charmant ex-époux. Les dedans vides permettent à n'importe qui (sachant s'y prendre) de venir les visiter, les emplir, les vidanger ou déféquer autant que possible à l'intérieur.
– Tu exagères pour l'image !
– Non, les spermes ont parfois des odeurs et des couleurs vilaines, tu sais.
– Des vilains spermes ?
– Des images odorantes, des ondes dégoutantes et des liquides gluants pénétrant là où les gens ne devraient pas aller en de tels états. Peu d'actes sont honorables sur Terre, peu sont tendres à souhait, bienveillants, respectueux du rythme de chacun et surtout... surtout... vraiment remplissants. Un bon acte devrait remplir des mois durant !
– Eh bien voilà ce que j'attendais ! Un homme qui me remplisse totalement, rarement et suffisamment pour que je n'aie pas trop besoin de le voir souvent !
– Alice, je n'ai pas dit cela, plutôt qu'un vrai acte remplit de bénéfice et de bonheur longtemps. Une femme remplit l'homme aussi, rappelle-toi...
– Ah, l'inverse... zut, je n'y avais plus pensé. Je dois le remplir pour des mois... L'homme s'emplit de mon bonheur intérieur, qui, à son tour, l'emplit de je ne sais quoi...
– De toi et d'un dedans comblé. C'est beau un « dedans comblé » partagé. Il n'y a plus de quête ni de qué-

mande, rien qui soit aspiré, sali, juste de la beauté resplendissante.

– Bouddha, Mahomet et Jésus réunis en même temps ! Des ascensionnés.

– *Heureusement que les femmes n'ont pas attendu de les rencontrer ! Elles savent si bien s'y prendre pour aimer...*

– Merci Rolf, une vraie rencontre ton lien. Tu sais que tu me remplis aussi ?

– *Et non, aucunement, tu t'autoremplis au fil de mes discours, nuance. De mon vivant, j'aurais pu largement, tellement beau, intelligent...*

– Rolf !

– *Euh... pardon, mais de ma désincarnation actuelle, je ne peux que te donner des modes d'emploi, que tu dois opérationnaliser avec des damoiseaux ou des humains. Si tu te remplissais de moi, d'abord je le sentirais, moi aussi... ce qui n'est pas le cas... et je serais viré.*

– Oh, comme c'est triste ! Je ne te remplis pas ?

– *Pas de ton dedans, tu me remplis de ta compréhension, ce qui me renvoie que le message est bien passé, mais si des êtres désincarnés pouvaient « remplir » les humains, il y aurait des mélanges dans tous les genres qui brasseraient votre ADN de manière malpropre et changerait la race humaine ! En plus, nous n'avons guère de pulsions... tu sais, juste de la lumière.*

— Et bien allons-y ! Une bacchanale de lumière ! Cela n'existe pas entre les mondes ?

— *C'est assez bien fait, finalement… Imagine un seul instant si des âmes errantes pouvaient s'allier à tes pulsions au point de te remplir ou de te vider… et des guides qui viendraient faire quoi… au juste ?*

— Oui, je comprends mieux. Mais, tu es si gentil…

— *Réalisé, nuance !*

— Un jour, quand je serai grande, je serai réalisée moi aussi.

— *Un jour, je serai fier de toi, non point de la fierté humaine, mais de la sincère vibration qui remercie l'univers de t'avoir créée.*

— En effet, il faudra attendre encore un peu pour une telle reconnaissance !

— *Passe une bonne journée ! Les énergies sont fluides, cela sera attrayant, pas remplissant au point d'être une lumière sur Terre, ni un investissement pour tout l'univers, mais tu es tellement charmante !*

— Ce mot revient souvent, donc je sens qu'il y a un message subliminal à comprendre dans le charme de l'âme.

— *Le charme de l'âme est le début de la bouture en floraison. Belle dedans, prête à éclore, en murissement.*

— Cela tombe bien, j'adore le printemps ! »

« Mon grand, on ne te voit plus, tu es tellement occupé à tes plantations !
– Pourquoi souriais-tu ?
– Oh, ces conversations intérieures... tu sais...
– Fais gaffe, qu'elles ne prennent pas plus de place que ton job ou que tes enfants, tout de même !
– Est-ce le cas ?
– Non, de toute manière, je ne suis pas jaloux, j'ai tellement d'amis avec chaque planton !
– Raconte...
– Tu sais, au-dessus de la Terre, il y a une dynamique, une vie, un espace vibratoire étonnant. Les humains le piétinent sans même s'en rendre compte. Nous devrions faire plus attention. Quand on regarde de plus près, il semble qu'il y ait une biodiversité incroyable, mais pas uniquement cela, ce sont des peuples, des espaces, macro dedans, micro dehors.
– C'est joli ça : micro dehors, macro dedans. J'imagine que les sciences vont prouver cela pro-

chainement, que l'intérieur n'est pas de la même taille que le dehors. Tu imagines l'aubaine ?

– N'en parle pas trop fort, mais j'en reste convaincu. Le fond reste empli de splendeur.

– Tu écoutes aux portes ?

– Non, pourquoi ?

– Ta manière de me parler est totalement en symbiose avec Rolf.

– C'est un copain, c'est normal ! Moi, il m'explique quand je dors, j'imagine, toi il attend que tu te réveilles...

– Jason !

– Bon, dit autrement : le travail qu'il va faire avec toi resplendit sur moi, si tu préfères, ainsi, tu me remplis de ton amour et moi je résonne de tes nouvelles explications.

– Ça marche. C'est juste en lien. Dingue.

– Quoi dingue ? Vous parlez de quoi ?

– Ton frère paraphrase Rolf ! Il n'y a même plus besoin de le connecter ! Ni même d'écouter mes interminables dialogues avec lui.

– Moi je le trouve croustillant, Rolfounet, il met du piment dans notre vie bassinée de choses inutiles. Au moins, lui raccroche à une vraie réalité. Celle que l'on voyait quand on était né.

– Tu te souviens ?

– Non, mais j'imagine. Vivement ma mort !

— Amandine !

— Mais, oui ! Cela sera super fun. Tu mettras mes cendres en Islande ?

— Diantre, pourquoi pas ici ?

— Pour que mon compost ne soit pas piétiné de quiconque d'autre que des moutons, ainsi mes cendres deviendront tranquillement compost, puis, dans très longtemps...

— Des cristaux ?

— Bien, frangin ! On se comprend. L'humain cristallisé et réfléchissant de la lumière.

— L'Islande ?

— Oui, car, tu comprends, une Terre bientôt envahie de la mer, c'est bof car trop vaseux. Vise sur une motte, une butte, un endroit très en haut, quoi.

— Douce, ce ne sera pas nécessaire, je mourrai bien avant toi, tu sais.

— C'est toi qui le dis. Advienne que pourra. Si tu vis jusqu'à 103 ans, je serai bien assez âgée. Tu vois.

— Et moi, crois-tu que j'aurais la frite pour me payer un voyage en Islande ?

— Ne me regardez pas comme cela toutes les deux ! Ne comptez pas sur moi ! Votre petite histoire de compost ne fait pas avancer mes plantons ! Je retourne à mes tendres amours.

– Et, il nous plante à nouveau !
– C'est le cas de le dire... »

« Alors, au-delà de tout ce que vous pouvez imaginer, ce travail sera conséquent. Vraiment conséquent.

– Je vous entends bien, mais à quel point ? Comment doit-on faire ? Selon quel timing ? A quel propos ?

– Je sens que je vais bien m'amuser avec vous, au moins, il y a du répondant.

– Je n'ai encore rien fait, mais si je dois le faire, autant que cela soit clair dès le départ.

– Alors voilà, nous avons 55 enfants en perdition, deux services sociaux en panne et un hôpital à restructurer. Vous le sentez ?

– Pas vraiment, ou assez mal pour être plus précise. Poursuivez.

– La région a été sinistrée lors du dernier épisode de pandémie, si cela recommence, nous allons devoir fermer les hôpitaux au lieu de les moderniser !

– Vous êtes d'un point de vue économique, d'un point de vue éthique, catholique ?

– Voyons, Alice... point d'orgueil en tout cela. Nous sommes d'un point de vue purement économique et financier en tout premier lieu. Pour la suite, votre marketing fera office de relance ou de chute totale. Nous comptons sur vous, l'avenir de ces humains dépendra de votre pouvoir de persuasion envers tous les services qui vont contribuer à un nouveau champ de conscience, accompagnant nos structures. Le personnel vous attend, réunion dans une heure ! Cela devrait suffire étant donné votre ultra compétence pour débriefer au sujet de votre nouvelle manière de séjourner parmi nous, tout en proposant de nouvelles méthodologies !

– Innover... je le sens. Comment ? Pas encore sûre...

– Je vois. Je vous laisse !

– Et il me plante... ! Ces mecs, décidément. L'homme à l'ouvrage, la femme à la rescousse, comme d'habitude ! »

✦

« Comme vous le savez, ma spécialité, c'est de déboussoler les gens, à tel point qu'ils ont envie de me suivre... ou pas. Ce que je vous propose, c'est un panel de solutions qui pourront être mises en place. Ou non ! Un large choix, des solutions, un listing, des possibilités et surtout... un tempo à respecter ! Si nous décidons ensemble des choix, « je » vous donnerai le tempo. Voilà quelles sont les futures solutions pour ces structures. »

Alice semblait à l'aise, elle transpirait mais de bonheur, respirait le calme, comme dans un nouveau bocal. Une lourde charge, de grands mouvements à instaurer, tout un réseau à modifier, surtout des projets à lancer et à organiser, le tout pour missionner les gens à se bouger. Logique. Cela avait du sens. Ne pas se laisser aller, cela semblait être son crédo. Comment une telle femme pouvait-elle respirer tant de calme en transpirant autant ? Comment pouvait-elle se rendre aussi claire, tout en compliquant à ce point ? Les regards semblaient subjugués et à la fois étonnés, amusés, pas blasés, vraiment intéressés. Un vrai focus, in fine.

Son patron la regardait faire et, subjugué à son tour, il lâcha sa tension pour se dire que, finalement, le prix en valait la chandelle, il allait pouvoir lui léguer l'histoire en entier. Des humains, un timing, un projet, du tempo, voilà qui semblait judicieux. Tout le monde devrait pouvoir se raccrocher à des tempos « sacrés » pour combler l'incertitude du moment. Trop vite, c'est ridicule... trop lentement, c'est perdu d'avance. Le tempo. Pourquoi diantre n'y avait-il pas pensé ?

Alice l'interrompit dans son discours intérieur.

« Au premier abord, je pensais à une crème de la crème, le tempo « lent » pour deux semaines. Les seules où je vous permettrai une telle lenteur, capitale pour bien démarrer. La lenteur est propice à l'ultime élaboration des solutions les meilleures. Trop démarrer sur les chapeaux de roues ne stimule pas la perfection, loin de là, mais plus la précipitation. Donc, je vais d'abord vous user à la lenteur. Deux semaines, accrochez-vous, vous allez tous ronger votre frein. Toutefois, c'est pour une bonne cause tellement fondamentale, que vous me remercierez ultérieurement. Nous vérifierons d'ailleurs si ce fut utile ou pas. Pour cet éloge de la lenteur, une seule question :

Qu'aimeriez-vous, dans les solutions rêvées ?

Ou, si vous préférez, que n'aimeriez-vous pas du tout ? J'aime, je n'aime pas. A chaque début de phrase : obligatoire. 15 lignes chacun pour demain. Aucune action, juste de la réflexion. Ensuite, nous verrons. Dans cet éloge de la lenteur, je vais vous guider, pas après pas, à un must de votre personnalité, plus proche de ce que vous aimeriez manifester. Ensuite, nous bougerons un pion. Pour savoir lequel, patientez deux semaines ! »

« Alléchant. Passionnant. Surprenant. Je vous paie grassement, puisse cela fonctionner !

– Pour vous, gardez la tête froide ! Observez les gens, plus que moi. Regardez sincèrement ces politiques et aussi le personnel que vous avez l'habitude de croiser. Observez. Vous verrez.

– Bon, alors, bon retour ! A quelle heure, demain matin ?

– Cinq heures, naturellement !

– Pardon ?

– Je plaisantais. L'éloge de la lenteur me fera arriver vers 10 heures. Tout simplement, tranquillement. Et vous pareillement. Pour une fois.

– J'ai quelques réunions de programmées…

– Alors bonnes réunions ! Pour moi, cela sera 10 heures. Le temps de prendre le train et de programmer la suite durant le trajet.

– Cela ne vous pèse pas trop, de faire autant de route ?

– Pas actuellement. Je vous le ferai savoir en temps voulu. Peut-être jamais, si je trouve du sens à le faire véritablement. Tout est une question de sens, finalement, au cœur de nos activités.

– Si seulement... Les hôpitaux ont-ils du sens actuellement ?

– Plus que jamais ! Pour tout humain qui souhaite rester en bonne santé ! J'aime les humains, j'aime les services qui s'en chargent avec bienveillance. Je n'aime pas les pessimistes ni ceux qui veulent couper les budgets et fermer les opportunités. Poursuivez ! Douce soirée ! »

✶

« L'hôpital devrait être un lieu de passage, avant la bonne santé. Un passage, ni plus ni moins. Les lieux où les patients décèdent sont des lieux de palliation, d'aide, d'accompagnement, c'est différent. L'aide, d'un côté, de l'autre, le passage pour une réunification des zones obstruées, des choses bouchées, des espaces qui ne circulent plus en fluidité. Après la fluidité remise en ligne, l'option est garantie. La communication se renoue entre les différents organes et tout repart. Le pire, dans tout cela, c'est la coupure. Entre les services, entre les organes, entre les espaces de soins, réfléchis bien.

– Très bien, donc tu me dis de me concentrer sur le liant, lien, circulation, fluidité, communication.

– *Sur tout ce qui coupe aussi. Les sécateurs. Les gens coupent, les sciences obstruent parfois. Les petites mains renouent, lient, font de grands efforts. Valorisez surtout les petits postes, la base même de ces services, pas les grands pontes, même si tout le monde semble capital.*

– Tu as raison, aucun service de santé ne pourrait survivre sans le nettoyage, les gens de maintenance. Le nettoyage étant à mon avis une zone sensible des décennies prochaines.

– Et comment donc ! L'assainissement des zones et des microbes repose sur la dose d'amour que les humains peuvent avoir entre eux. Une famille de grandes valeurs peut avoir de grandes douleurs, mais normalement moins de résidus de toute part. Essaie d'y repenser autrement. Résidus, bactéries, microbes et valeurs sourdes aux déchéances. Ou Lumière. Le lien sera de grande valeur dans votre futur.

– Dingue ! C'est effectivement logique, mais de là à mettre cela en avant, comment m'y prendre ?

– Essaie de pointer la fluidité, les valeurs d'un hôpital, d'une structure et d'une zone de soin. Tu verras que les gens de moindre importance auront de grandes idées.

– Merci, Rolf, c'est génial. Je vais m'y mettre de suite ! »

« Vous êtes prêts ? Partons à l'aventure. Après avoir pointé des désirs, des envies, des attentes, voyons si toutes ces bonnes idées sont reliées à vos valeurs. Des valeurs au fond de nos cœurs qui voudraient avoir plus d'essor, plus de place. Donc prenez vos listes et reliez-moi tout cela à des valeurs, du fond. Qu'est-ce qu'un hôpital peut gagner de chacun de vous, avec vos bonnes envies ? Qu'est-ce que vous aimeriez personnellement installer et que chacun peut offrir au-delà de nos egos et hiérarchies… »

« Douce, es-tu là ? Je suis rentrée !

– Ah, tu tombes bien ! Je dois justement réviser un sujet barbant, tu m'aides ?

– Euh… pas franchement, je viens de rentrer, mais je suis open pour discuter de ta journée autour d'un bon goûter. Limite de maman… désolée.

– Je comprends, on révisera après !

– Tu ne perds rien pour attendre. Aujourd'hui, j'ai peu avancé, mais mieux compris.

– Si seulement je pouvais en dire autant ou à l'inverse, que je n'ai rien compris mais trop bien avancé !

– Le temps… c'est épuisant, cette gestion du temps. Le temps de l'au-delà ne doit certainement pas se situer au même endroit. Si j'écoute Rolf, le temps n'existe pas chez lui, mais dépend littéralement de nous ici-bas. Notre regard restreint, j'imagine…

– Tu devrais te reposer un peu. Un milkshake ?

– Merci ma belle. Raconte aujourd'hui ? Ton frère au taquet et toi toute cuite à réviser ?

– Non, lui fuyant et moi l'appelant. Je ne sais pas ce qu'il manigance, mais il y a anguille sous roche. Il rigole tout seul. Lui, si angoissé d'habitude...

– Nous verrons bien. Le temps nous le dira.

– As-tu pu avancer au niveau des enfants ?

– Non, j'ai une focalisation sur la structure, hospitalière ou sociale, c'est la même rengaine. Les humains sont à la base, les humains s'en chargent, mais tous sont épuisés et n'ont pas le temps. Décidément, ce thème me passionne ce soir...

– Tu veux dire que tu as oublié les enfants ?

– Non, mais si tu prends le processus par le haut, tu arrives inévitablement tout en bas à un moment ou à un autre. Et pour réjouir les enfants, il faudrait d'abord que le personnel soit ultra respecté, tu comprends ? Donc les petits postes et ensuite l'ensemble du personnel, un réseau complet mis en lumière qui resplendira ensuite sur les enfants.

– Comme moi, pour bien réviser, il faudrait que je sois trop en forme. Car je suis le petit poste...

– Les examens approchent, tu seras bientôt soulagée.

— Ou pas ! Si je les rate...

— Tu n'as jamais raté quoi que ce soit. Je te le rappelle... au cas où ton perfectionnisme voudrait inévitablement briller là où l'on te demande juste de réaliser ce qu'il faut pour passer.

— Je ne vise que la moyenne !

— Mais non, tu vises le suprême ! Que jamais tu ne devrais obtenir, car à force d'avoir de tels résultats cela te donne des amplitudes de révision plus vastes que chez les autres. Avance simplement, ma belle, pour réjouir ton âme. Le reste suivra.

— Les examens devraient être gratuits, tellement ils sont « coûteux »...

— La vie devrait nous rapporter des billes aussi, au lieu de nous en coûter, mais tu vois, plus j'avance et plus je me réjouis. Sans pour autant être pleinement satisfaite. Je crois que nous devons encore évoluer toi et moi. On goûte et on lui demande ?

— J'ai fini...

— Comme d'hab... avant les autres... comme pour tes examens, in fine. Alors... la bouche encore pleine, je lui demande. Que pourrais-tu nous dire en ce jour sur ce sujet du temps et de l'estime de soi face aux examens ou face à la vie en général ?

— *Ton sujet serait plutôt celui de savoir comment gérer ta vie pour optimiser ton âme au lieu de poursuivre la quête du sens de la vie. Je vais te répondre simplement par ceci : dans le fond de l'âme, il y a des degrés de conscience tous éveillés. Et, un à un, vous les retrouvez selon vos actions et votre fluidité. Plus tu retiens les événements, plus tu les vis mal, plus tu cristallises et moins tu œuvres dans la fluidité. Si tu souhaites une douce fluidité, tu œuvres dans ta vie de maman, Amandine dans sa vie de jeune étudiante et tu ne reviens sur rien, peu importe la suite. Rien… comme si tu basculais dans une autre dimension. Rien… comme rien de grave mais tout passe, tout change. Rien… parce que, finalement, les crans de l'âme ne seront jamais dans ton activité. Mais bien dans ta manière de la gérer. Donc mieux vaut gérer avec souplesse et ne pas trop en vouloir pour mieux s'aérer dans la fluidité. La rivière de la vie coule et file entre vos doigts. Dans le train, tu devrais te laisser glisser avec ton âme, tu y gagnerais plus de sens profond que d'œuvrer à faire des schémas inutiles sur le temps.*

— Mais je suis payée pour leur offrir des schémas !

— *Non, tu es payée pour les accompagner à changer de concepts, de référentiels, pour mieux situer la réalité et leur faire admettre que tout ira mieux après. Les structures iront mieux, sois-en convaincue. Lance des idées pour la fluidité et le respect de tes valeurs. Le reste suivra.*

— Le management amélioré par la fluidité... je vois.

— Moi, je ne vois pas trop les révisions et la fluidité, tout est bourré de trop d'infos, c'est épuisant.

— *La fluidité dans la révision, c'est sans trop vouloir mettre les notes avant les révisions, tu sais ! C'est avancer, en acceptant que tout ce qui restera à faire sera de recracher la matière sans trop te blesser au passage. Après, le reste suivra. Pour réviser de manière adéquate, il faut savourer la matière, prendre un accès direct avec le sas de la connaissance globale et universelle et ensuite lire tes textes. Car tout le savoir se trouve en un espace donné et peut se relier à ton cerveau de manière incroyablement fluide, si tu y as accès. C'est la raison pour laquelle certains êtres ont un savoir inné, ils puisent simplement des informations là où cela doit. A l'endroit qui regroupe tous les savoirs en messages codifiés.*

— C'est trop la classe ! Je vais me relier. Tu m'aides Rolf ?

— *Non, moi je suis alloué à ta mère et tu as tes propres guides avec lesquels tu dois agir. Mais ils sont prêts à ce genre de gymnastique interne !*

— A nous la gym, maman ! Et toi, tu vas faire quoi, de ce savoir interne global magique complet ?

– Je vais simplement tenter de trouver mes marques et savourer mon milk-shake jusqu'au bout.

– Mais après ! Tu te rends compte de ce qu'il vient de me dire ?

– Je me rends compte et cela m'effraie un peu pour tout t'avouer. Si je n'utilisais pas à bon escient ces savoirs ou un soupçon de ces savoirs ? Cela ferait quoi ?

– Demande-lui...

– *Cela ne ferait rien qui vaille, mais de très belles règles du jeu ont été imprimées avant de rentrer dans cet espace de savoir. Des genres de contrats ultra protégés. Donc pas le bon code, pas d'entrée. Pas de fluidité, pas d'accès. Pas de bonnes intentions, clôture immédiate.*

– Donc sécurisé au max. Mieux que la CIA et le FBI mélangés.

– Eux ne sont absolument pas sécures, tu le sais... mais je sens qu'en effet la chose semble bien créée.

– *Les énergies ne peuvent pas se transgresser. Les humains peuvent inventer des choses, faire beaucoup de transgressions, mais pas au niveau des seuils de conscience. Si tu y as accès tu connais les lois, les règles qui vont avec. Si pas, pas d'accès. Fermeture immédiate.*

– Merci Rolf, toujours le bon mot pour me rassurer. Comment font les humains pour autant se désécuriser alors qu'un simple mot de ta part clôture toute sorte de mauvaises ondes ?

– *Les hommes ont avec eux, au fond d'eux, des accès et des clôtures. Ils ont beaucoup utilisé les clôtures et plus entraîné les usages de formes que ceux de fond. Sécateurs de luxe. Leurs actions collées sur du papier tue-mouche. A ce jour, le fond réémergera et la forme va les lâcher à tel point que plus jamais ils ne pourront s'y référer pour aplanir leurs erreurs rabâchées au fil des millénaires.*

– Ce que tu me dis est assez terrifiant. Cela veut dire ?

– *Que les gens vont manquer, de nourriture, de toit, d'argent, de soleil parfois, de plantes, de choses essentielles, à tel point que nombre d'entre eux vont se mettre à faire le deuil de leur créativité centrée sur eux, ridicule et totalement nauséabonde, pour devenir enfin utiles à la Terre et à l'humanité. La majorité des créateurs actuels sont des êtres perdus qui planent entre deux zones et font du mal à ceux qui devraient regarder avec béatitude des œuvres qui reconnecteraient si elles étaient justes. Au lieu de cela, les œuvres utilisent des substances toxiques qui ne pourront guère se recycler et ils ont tendance à se pâmer devant du rien, qui n'allume que l'orgueil des pauvres. Pour moi, ces gens sont pauvres dedans.*

– Pauvres dedans, c'est beau. Certains riches seraient donc pauvres dedans ?

– S'ils se pâment devant du rien, qui ne sert pas à la vibration de la lumière, oui. S'ils acceptent que ce rien n'est rien, c'est déjà un seuil capital pour leur fond. S'ils refusent de faire du mal à la Terre et utilisent leur argent non pas pour eux ou la pérennité de leur famille propre, mais pour un bien commun, ils sont éveillés et utiles à la Terre. Leur passage sur Terre se trace par le doigt de l'aventure cosmique, qui vaut nettement plus que l'aventure humaine, qui, elle, se termine à l'instant du dernier souffle. L'aventure de l'humanité, elle, se poursuit par-delà les sphères. C'est hautement considéré de notre point de vue et respecté. Un être éveillé est une telle bombe de bienfaits qu'il est accueilli à bras ouverts post-mortem. Quand ces gens riches sont centrés sur eux, ils sont accueillis comme tels, là où ils en sont sur leur papier tue-mouche, simplement, pour recommencer le grand circuit des savoirs et des richesses en général en sens inverse, parfois dénués de tout, pour bien les acquérir. Le plus difficile actuellement serait d'être riche et éveillé... car cela deviendrait difficile de le rester. Il y eut des temps où être riche pouvait faire beaucoup de bien autour, mais dans votre période de tant de matérialisme, les gens se perdent dans un sas de rien. Et le risque premier est donc de vivre pauvre dedans.

– L'humain s'est permis trop de choses néfastes, il me semble.

– Tu sais ce que je pense des artistes, maman, ils sont en général imbus d'eux-mêmes et attendent surtout la reconnaissance de ce que les autres n'ont pas su leur apporter dans leur jeune âge. Une personne comblée ne devrait pas avoir besoin de créer pour exister, elle se sentirait directement utile à la multitude, comme le dit si bien Rolf. Elle offrirait un portail plus qu'un amas.

— La multitude… c'est quoi pour toi, Rolf ?

— *La multitude, c'est toi, moi et d'autres sphères aussi, c'est l'ensemble. Mais déjà les humains, cela fait beaucoup et le mot reste adéquat.*

— Donc notre vie devrait se résumer à chercher à être « beau dedans » et non pas « pauvre dedans ».

— *Tu as d'autres options, brillant dedans, excellent dedans, empli de bonté, mais aussi sale dedans, moche, pas top, fun ou vraiment pas cool. Clair-faisant, clair-obscur ou sombre-ignorant. Peu importe le terme, ce qui compte c'est la vibration du « dedans ». Lorsque trop de mascarades et de superficialité s'intègrent là où cela ne doit plus avoir lieu, c'est décalé et le dedans se ferme pour se remplir, en effet, de choses que d'autres êtres, des soignants, peuvent un peu nettoyer ou salir… mais que seul l'individu doit apprendre à nettoyer régulièrement.*

— Comment faire pour se nettoyer dedans ?

— *La même chose que pour nettoyer la Terre ou un hôpital, tu sais, il faut beaucoup de courage, un soupçon de matière, immensément de volonté, de la lumière, de la lumière, de la lumière et le tour est joué.*

– Je te remercie de cette définition, c'est beau. Je ne sais que dire.

– Maman, il faut faire, pas dire ! Clairfaisant ! On va s'y mettre. Tu crois qu'on est beau dedans ?

– Pour moi, tu es une perle de merveille, donc inévitablement belle dedans, ma douce. Sache que je serai toujours là pour toi. Ma lumière…

– C'est cool, les mamans qui aiment les lucioles ! »

✦

« Jason, à table !

– Je jeûne aujourd'hui !

– Pardon ?

– J'arrive, je t'expliquerai... Je termine cette ligne de radis. Regarde comme ils sont beaux, maman !

– Je vois... je vois... peut-être pas autant de choses que toi, mais dis-moi ce que tu vois, toi ?

– Des pousses toutes jeunes vont arriver, donc tu sais, leur essence coexiste avec le temps, elles cheminent... mais elles existent déjà ! Donc tranquillement, leur essence ou genre d'ADN va se relier à la Terre et créer une germination. Le processus le plus puissant qui existe sur Terre, tu sais.

– Avec les bébés !

– Bon d'accord, si tu le prends comme cela, j'accepte que la création des bébés soit vraiment un truc de dingue aussi. Mais les radis, maman, les radis... Regarde bien !

– Je vois un beau rayon de Terre...

— Et dedans ? Dedans, moi je vois leur essence, je leur parle et ils sont encore un peu éteints, mais d'ici quelques jours tout le monde va s'éveiller, c'est comme ma famille !
— N'exagérons rien.
— Je plaisante ! Mais c'est une famille qui se relie à moi, tu vois ?
— Je te vois beau dedans.
— C'est bien, continue, c'est pas mal…
— Je vais quand même manger, tu sais.
— Moi aussi, mais juste un peu de lumière.
— N'en fais pas trop, mon grand, avec le temps il faudra réguler.
— Quelques jours de jeûne ne font de mal à personne, tu sais.
— Je peux demander à Rolf son avis ?
— Je me réjouis, il va te régaler !
— *En effet, les jeûnes ont une propriété nourrissante, nutritive, si tu préfères, plus d'un genre d'accès au direct, à l'âme, en lien aux énergies et donc à la lumière pour celui qui sait s'y prendre. La lumière directe, je m'entends. Un peu de ce savoir direct, un peu de lumière directe et le tour est joué. Un grand sas de nettoyage aussi.*
— Raconte, cela nettoie comment ?
— *Cela nettoie dedans en prenant le temps. Si quelques jours s'acheminent pour moins manger, puis*

plus du tout, voire uniquement boire, voire ne plus boire un petit moment, alors le corps se met en cursus autophagique et génère de nouvelles substances qui vont, durant un temps, prendre le relais. Si c'est, en plus, généré avec de belles pensées, toutes les cellules en profitent aisément en nettoyant les résidus inutiles ou les cellules dégénératives. En termes de lumière, l'être se désagrège un peu, décolle un peu et même son aura se déforme pour devenir plus fine. Plus en connexion aussi. Dans une défragmentation du mauvais pour restructurer en mieux. Un être éveillé verrait une lumière tamisée, qui, naturellement, devrait être entourée de calme. Mettez un être jeûnant dans un stress ambiant et la salissure sera automatique.*

– Donc, mon grand ? Bonheur, calme et volupté !

– Disons que je vais me reposer, mais aussi jardiner, c'est encore plus beau, tu sais...

– Raconte, combien de jours veux-tu faire cela ?

– Pour l'instant trois, et si je tiens bien, et quelques résidus restants, je poursuivrai selon mon état. Étape par étape, restons intelligents.

– Comment ai-je fait pour faire venir de telles âmes chez moi ?

– Tu avais la nourriture suffisante et nous attendions avec impatience que tu t'ouvres pour nous abreuver d'un savoir unique, mais qui ne vient pas de toi !

— Ah… c'est cela ! Tu attendais surtout ma clairaudience.

— L'individu qui le transmet a plus d'importance dans mon cœur que le message, tu sais…

— Tu es mignon. »

« Aujourd'hui, allons au marché ! Vous venez ?
- Je jeûne encore, donc la prochaine fois.
- Ma douce ?
- Je révise... mais cela me fera une pause.
- Cool, je me réjouis. Les marchés, en Bretagne, sont des aubaines de couleurs, éveillant les sens.
- On l'a perdue dans sa poésie...
- Non, mais honnêtement ! J'adore cela.
- Tu ne devais pas travailler aujourd'hui ?
- Demain triple journée, alors j'en profite. Lumière et possibilité de flâner, que demander de plus ?
- Je suis prête !
- Jason, veux-tu des aliments spécifiques pour ta reprise de nourriture ?
- Oui, de l'amour.
- Un mystique par les plantes, un amoureux par la nature. On a hérité d'un beau spécimen !

– Mon frère est avant tout un être incompréhensible qui a trouvé sa thérapie. Loin des autres, près du cœur, proche des autres avec plus de fleurs.

– Bien dit, sœurette. Pas mal, pour une fois.

– Vous vous entendez tellement à merveille...

– Surtout depuis que l'on sait que notre fratrie n'est que momentanée et juste pour cette vie !

– Amandine ! Sois cool avec ton frère...

– Non, mais franchement, c'est cool de savoir que tu es ma mère du moment et qu'il ne sera pas pour l'éternité juste un frère. Qui sait, un grand-père peut-être.

– Ou ton amant préféré.

– Oh, tes hormones, alors !

– On y va, cela risque de dégénérer.

– Non, moi je trouve cela drôle. La vie, la mort, le passage et hop on recommence !

– Ou pas ! Tant qu'on n'y est pas, je ne sais pas.

– On demandera à Rolf, tiens.

– Pas le temps, le marché nous attend ! Que la lumière soit ! »

✦

« Ouh... j'en ai acheté un peu beaucoup, non ?
– Si tu pars 6 jours, on sera épargnés de toute tâche de courses. C'est ton côté maman-Saint-Bernard-sécurisant-rassurant-nourrissant.
– J'ai tous ces rôles ?
– Et bien plus ! Si tu savais !
– Mais encore ?
– La poule-apeurée-mais-piquante aussi. La fleur-odorante-à-la-vieille-rose mais que j'adore.
– Laisse la fleur à ton frère !
– La douce-maman-que-j'aime-tout-fort, aussi. Et, par-dessus le marché, la clairaudiente. Car cela, c'était un sacré scoop !
– En effet, si j'avais su, j'aurais adoré savourer l'idée. Sans la comprendre sans doute. Et toi, tu ressens des choses en plus ces temps ?
– Non, je les vois simplement. Mais pas que. Je vois les âmes bloquées aussi... C'est flippant et touchant à la fois. Heureusement que je ne les vois pas tout le temps, mais au marché, ou partout, il y en a pas mal.
– Tu les ressens comment ?

– Parfois agressivement, parfois pas du tout, en peine seulement. Bloquées. Je dois faire quelque chose ?

– Attends que je lâche mon volant, je vais essayer de demander tout à l'heure à Rolf ta mission, car si tu es un passeur, il faudra les aider à passer dans la lumière, mais si tel n'est pas ton travail, il faudra éviter. C'est parfois beau ou plutôt moche ?

– Plutôt triste, je dirais, triste et apeuré surtout. Ils ont peur de la lumière et sont enfermés dans un sas de décompression, pour leur donner le temps d'accepter de fusionner avec une lumière éclairante. Tu imagines ?

– Lumière éclairante. Tu veux dire une lumière qui fait mal ou qui pourrait faire peur ?

– La lumière est parfois douce et souvent intense, mais autour d'eux, plus loin, elle est plus vive, maintenant que tu m'en parles, une lumière qui pourrait être aveuglante si tu n'y adhères pas, finalement. Elle n'est pas à proprement parler autour d'eux, elle est surtout en accessibilité coupée, mais existante.

– Et tu vois les deux ?

– Non, je pressens, autour d'eux je vois un halo sombre et opaque, des zones tristes...

– Ma douce, reste avec moi. Dans la voiture, cela va ?

— Là… maintenant… oui. Parfois pas…

— Donc, nous allons devenir des spécialistes de la lumière éclairante, adoucissante et apaisante.

— Une maman, quoi.

— La lumière n'est-elle pas la matrice de tous les mondes confondus ? Je me réjouis de lui demander. On arrive. Regarde ton frère comme il est béat. On a failli rater cela en restant dans notre ancien monde en plein centre-ville. Il est si mignon… c'est touchant.

— Un peu flippant quand tu n'es pas là, mais finalement tu as raison, au lieu de le juger sur ses excentricités, je devrais plus me concentrer sur la lumière douce qui est autour de lui. Aucune âme errante ne jardine quand il y est !

— Jason ! Viens nous aider à vider les courses, s'il te plaît. Nous t'avons acheté des couleurs et des ondes de douceurs.

— Merci ! J'arrive tout de suite !

— Tu es chou. Quelle équipe on fait, n'est-ce pas ? Tu as l'air tout réjoui…

— Oh, tu sais… les douceurs de la Terre sont indéfinissables et infinies. Dans le micro petit, je retrouve l'immense, je m'y noie… jusqu'à devoir vider un coffre ! Vous me sortez de ma béatitude. Je crois que j'ai trouvé ma vocation !

— Non… Tu crois ?

– Amandine ! Admire au lieu de juger, on a dit !

– Je regarde, je regarde... Ok, je vais essayer.

– Regarder quoi ?

– Ta lumière, mon grand.

– Vas-y Amandine, observe cette immense lumière qui me caractérise si bien.

– Mouais... Balance la lumière sur le coffre et porte !

– Vous semblez différentes toutes les deux... je me trompe ?

– On a découvert qu'Amandine voit plus de choses. Tu viens ouvrir avec nous pour demander à Rolf ?

– Et moi ? Je vois aussi plus de choses ?

– A toi de nous le dire. Ça va le jardin ?

– Ça pousse, ça pousse.

– Ce qui est somme toute déjà miraculeux, car tout le monde n'a pas la main verte.

– La main lumineuse, maman, lumineuse, pas verte ! Le petit peuple te serait reconnaissant de ne pas l'habiller uniquement de vert...

– On arrive au bout. On demande à Rolf ?

– C'est parti ! Demande-lui comment je dois faire avec tout ce que je vois, au marché ou partout... quand je regarde par-dedans.

— Par-dedans ? Explique ?

— Parfois je regarde autrement, je ne sais pas, c'est comme un œil intérieur. Et hop je vois cela.

— La fameuse glande pinéale. On lui demande. Rolf, peux-tu nous éclairer sur les visions d'Amandine ? Qu'est-ce d'abord ?

— *Un champ holographique des ondes qui traversent votre espace de vibration. Parfois elle voit, parfois pas. Des ondes se poussent lorsque vous arrivez en lumière, parfois elles zonent et décident de s'approcher. C'est bon signe, ce sont des énergies qui sont prêtes à aller plus en avant.*

— Mais il y a des gens ? Des âmes perdues ? C'est quoi au juste ?

— *Des agglomérats d'ondes surtout et parfois des âmes. Rares sont les gens qui sont de vrais passeurs. Certains doivent juste écouter, d'autres passer dans la lumière. Pour Amandine elle réceptionne et tord le champ vibratoire autour d'elle, ce qui dérange un peu les ondes habituées à zoner dans ces espaces que vous traversez.*

— Je t'avais bien dit qu'elle tordait des trucs !

— Jason ! Ne commence pas ! On essaie de comprendre... Comment doit faire Amandine avec ce don ?

— *Elle doit en profiter un max ! Quelle chance ! Avoir un accès, voir autre chose que le bout de votre nez, tu imagines ? Probablement qu'au fil des années elle va illuminer les zones, simplement. C'est le plus beau travail à faire et cette lumière transforme simplement. On dit passer dans la lumière, faire un tunnel, etc. Mais la simple lumière transforme les zones. Elle stoppe les défragmentations précédentes et elle modifie les espaces en changeant les polymères de chacun. Cela laisse une trace qui ne restera pas, mais qui nettoie et modifie ponctuellement l'espace-temps de l'endroit.*

– Que la lumière soit, ma douce !

– Si ce n'est que cela, allons-y. J'essaierai de voir. Mais suis-je créatrice de cette lumière ? D'où vient-elle ? On la traite comment ? On l'appelle ?

– Trop de questions à la fois. On lui demande... D'où vient cette lumière ?

– *De toi et pas de toi à la fois, de l'immense et du rien, la lumière EST. Incréée. Donc plus tu ES et plus tu illumines partout où tu vas.*

– Et donc elle doit se relier à elle, au-dedans ?

– *Au Grand Tout, la Source, la Présence, et à elle à la fois, bref se connecter sur la lumière et la vibrer. C'est difficile à expliquer. Elle a un accès et pour l'instant elle voit. Ce qui est malheureusement le premier stade de ce fonctionnement. Ensuite, il suffit de se faire une idée plus précise de la lumière à soi, une idée proche de votre cerveau, de vos idéaux et cela fonctionnera. D'abord comme cela. Enfin, elle pourra juste Être, ce qui modifie-*

ra l'espace-temps aussi bien, mais cela.... Elle y arrivera vers 45 ans.

— Et bien, j'ai de la marge. D'abord mes idéaux et mes rêves comme dans les meilleurs films et ensuite dans mon travail de canal, je suppose. Je vais expliquer tout cela dans un bon roman, cela sera super !

— Ma douce... c'est super, en effet. Autre chose Rolf ?

— *Tu vois, par exemple, ton amour pour eux les rend meilleurs, tout bonnement.*

— Oh maman ! C'est génial comme rôle ! Rendre meilleur par amour !

— *Donc vibrer, aimer, allumer. Elle n'est pas belle la vie ? En résumé, soyez juste le meilleur de ce que l'humain peut inventer. Qu'il en soit ainsi.* »

« Maman, c'est quoi l'amour ?
– Ma chérie, grande question. Pour moi, c'est un espace magique, un cerveau pourrait te dire c'est l'explosion dedans, le cœur rayonne, les sens s'éveillent, quelque chose s'ouvre, je ne sais pas trop. C'est doux et fort à la fois, cela peut faire peur.
– Belle définition d'humaine. Tu demandes à Rolf, s'il te plaît ?
– Je peux essayer. Attends, je finis de préparer le repas. Finissons ensemble, cela sera plus rapide.
– J'arrive, moi aussi ! J'ai faim !
– Tu arrêtes ton jeûne ?
– Oui, ces jours m'ont ouvert l'appétit.
– C'est quoi l'amour, Jason, pour toi ?
– Les radis, les courgettes, si belles, si douces, les plantons, si petits, si mignons…
– Bref, l'amour culinaire, l'amour du jardinier, l'amour des plantes, l'amour sexuel, etc.
– Tu es vulgaire, maman, je te parlais de la nature !

– Tu te perds, mon gros, l'amour doit être sur plusieurs niveaux en même temps.
– J'ai perdu 5 kilos !
– Tu es tout maigrelu, que veux-tu manger, mon chéri ?
– Tout et plus encore !
– C'est aussi de l'amour cela, tu ne crois pas ?
– Préparons ensemble ! »

« Alors, Rolf Von, bonjour... L'amour ? Les enfants me demandent et je suis empruntée...
– *C'est parce que tu le ressens sans le définir vraiment. L'amour pour nous est une masse d'énergie en fluidité, tout simplement. La circulation. Voilà.*
– Un peu flop, notre Rolfounet aujourd'hui !
– Jason ! Poursuivons. Pose-lui tes questions, voyons...
– Suprême Rolfounet... Si tu dis que c'est simplement circuler en masse de fluidité, c'est quoi dans ma vie, avec les humains, etc. ?
– *Entre humains, c'est difficile de faire circuler tout le temps, seul un canal peut se permettre de faire office d'une circulatoire réorganisation. Les cerveaux élaborés aiment maîtriser, contrôler, fermer. Donc, plus ils sont brillants, plus ils ferment. Organiser une ouverture et une fluidité entre les gens, c'est offrir un espace de dis-*

cussion et avoir du respect, c'est être entendu et sonder le fond des âmes, mais ne pas les laisser tout faire. C'est très structuré, la circulation ! Cela demande du doigté, de la fluidité et beaucoup de sagesse, car trop donner n'est pas juste, trop demander non plus, trop couper est sauvage, mais laisser circuler si c'est mal utilisé... non correct. Alors tu vois, le canal a un travail d'autant plus compliqué.

– Je vois. Tu es un peu brouillon je trouve, ce matin. Réessaie.

– Jason ! Essaie de garder ton sérieux parfois.

– Mais, lui est si drôle ! Si tu le voyais se marrer, tu changerais ton regard intérieur, chère matrone. Si tu le voyais faire autant de singeries que moi, tu serais ultra décontracte !

– Je ne le suis pas ?

– Ton aspect respect-tout-ceci-tout-cela... t'impose une correction qui n'est que faite d'ordres mentaux, pas de fluidité. Voilà, c'est dit.

– Merci Jason, j'y penserai. Alors, il rigole ?

– Tout le temps ! Il se fout de nous. Mais gentiment, tu sais. Je le vois, là, il sourit à nos questions, etc. Donc dans ma vie, sup-Rolf ?

– *Dans ta vie avec tes potes, l'amour, c'est de les allumer. Mais pas trop. Car ils doivent te respecter. C'est les entendre dans leur souffrance, mais pas que. C'est avoir de la compassion pour tout ce qu'ils ne compren-*

nent pas. Et pour la damoiselle de ton cœur, c'est lui mettre des paillettes dans les yeux simplement parce que tu allumes son cœur, les sens en éveil. Les humains mélangent leurs sens uniquement, ils oublient les paillettes. Au pire du pire, ils oublient quatre sens et n'en allument qu'un seul, comme si le tactile et le fait de jouer sur un corps en le frottant pouvaient suffire à allumer un cœur. N'oublie jamais que les damoiselles détestent être seulement touchées et tatouillées sans allumage intérieur, non seulement de tous leurs sens, mais aussi de la zone de l'âme. Une luciole, quoi !

– Ma grosse-luciole-Amandine ! Je comprends maintenant ! Tu es amoureuse !!

– Arrête ! Tu as une damoiselle, toi ? Rolf a dit…

– Une luciole pour moi, oui. En plus d'une mère luciole, une sœur luciole, une fille luciole va éclairer mon jardin intérieur !

– Dieu, que tu es drôle !

– Dieu n'a rien à voir là-dedans, maman, mais je suis content, je viens de comprendre un truc.

– Bonne journée !

– Non, je reste cette fois-ci. Je reste. C'est passionnant les damoiselles et les lucioles…

– Autre chose, Rolf, sur les lucioles ?

– Toi, Alice, tu luciolises les espaces et les cœurs de tes enfants. C'est beau dedans. »

« Finalement, aucun d'entre nous n'a vraiment compris la vie, mais nous avons tous plus ou moins la satisfaction d'avoir beaucoup de réponses.

– Tu déprimes ?

– Mais non, pourquoi ?

– Maman… chaque fois que tu doutes, c'est que quelque chose t'ennuie, t'inquiète, te perturbe.

– Ce soir, c'est toi qui me titilles, en effet. Si je conçois la suite de ton avenir, je ne vois rien qui soit rassurant. Quand je vois ton frère, il cultive. Sors un peu ma chérie, va voir tes amis, tu sors si rarement. Tu es si casanière.

– Je te trouve bien dure envers moi, ce soir. Vas-y, accouche, tu as eu papa au téléphone ?

– Mais non, heureusement pour lui !

– Alors, ton patron ?

– Je patauge. Ok, j'admets que je suis perdue. Totalement perdue, même en compliquant mon quotidien de tas d'explications, je me sens un peu larguée. Quel est le sens de tout cela…

– On y arrive. Poursuis...
– Comment est-ce que tu arrives à faire cela ?
– Quoi « cela » ?
– Comment arrives-tu à pointer avec autant de rapidité mon inconfort intérieur ?
– Mais c'est très simple, parce que j'en dépends ! Et aussi parce que tant que tu as ce nuage autour de toi, rien de bon ne prévaut pour la soirée. Donc je dégage le nuage avant que mon frère ne t'en rajoute une couche ! J'ai besoin que tu diffuses ton amour dans la pièce, moi !
– Un nuage... c'est drôle, ce que tu me dis. Un nuage qui m'empêche de voir.
– T'emballe pas cocotte, le nuage est attiré par toi. Donc tes formes-pensées ont colmaté un truc qui attire, comme cela... des vapeurs de galères autour de toi.
– Ah bon ? Donc les années de galère seraient des agglomérats de ce que les gens attirent en pensant ?
– Entre autres, oui.
– Mais encore ?
– Rien, je suis fatiguée de te prendre en charge, vois avec Rolf. J'ai fait le début, il fera la fin.
– Et mon inquiétude envers toi ? Tu en fais quoi ?

— Je ne la porte surtout pas, car elle est tienne et en tout cas pas mienne. Mon chemin m'appartient ! Mon chemin est rieur, splendide, éclairé, lumineux et je vais bien !

— Amandine !... (Elle est partie... mais qu'est-ce que j'ai fait aujourd'hui pour me renverser un tel nuage sur la tête ?) Rolf ? Puis-je ?

— *Certes, à quel propos ?*

— Les nuages...

— *Oh, je vois, Amandine a découvert un nouvel organe de sensation et elle l'a déversé sur toi.*

— Déversé ? Comment ?

— *Vous êtes mignonnes toutes les deux, un vrai ensemble qui se chipote, se chipe et popote pour mieux concourir au fond de soi. Ta fille est encombrée dans sa nouvelle dynamique intérieure, car si elle capte de mieux en mieux, elle semble obtuse sur les modes d'emploi. Elle souhaite en « fabriquer », elle doit seulement les « réceptionner », nuance. Par-là, j'entends que ton enfant est une traductrice hors pair de tout ce qui crée des fonctionnements, donc elle s'entraîne sur toi. Mais il lui manque encore quelques indications, ce qui lui pèse un peu. Notamment celle-ci : si elle désire mieux comprendre les nuages et leurs possibilités de création, elle doit s'intro-observer au point de créer des nuages exprès pour ensuite les diluer. Dis-lui seulement cela.*

— Admettons. Mais mon nuage, j'en fais quoi ?

— *Tu l'observes, tu l'inventes, tu l'assumes surtout, au point de te dire que chaque ressenti autour de toi semble une quête intérieure non terminée.*
— Je te trouve bien énigmatique aujourd'hui.
— *Moi je sens que tu voudrais plus et que je fasse tes devoirs à ta place, donc fonce discuter avec elle !*
— Soit. (...) Doux pétoncle, je suis là !
— Comment te rater, ton nuage te précède avant même que tu arrives !
— Raconte, c'est chic de ressentir comme cela. Comment pourrions-nous en profiter toutes les deux pour éviter les nuages ?
— Tu me parles de profit ? Toi qui te fais toujours avoir ?
— Ok, tu es fâchée, raconte...
— Ton nuage m'empêche de voir mon intérieur ! Cela m'énerve. Car ton nuage me concerne autant que toi. Et je ne sais même pas le dissoudre, donc avant de commencer à jouer avec ces espaces vibratoires, j'aurais aimé être prévenue !
— Ma princesse... ils ne vont pas toujours t'envoyer un recommandé ! Ils t'entourent de bienveillance et sont prêts à te dicter des modes d'emploi, pourvu que tu tentes de les réceptionner.

– Je suis une guitare et eux les mains qui jouent ?

– Euh... je ne sais pas si cet arc sur lequel ils vont vibrer signifie que tu perdras tes moyens. Une guitare... joue voir un peu pour voir ?

– Tu me soûles !

– Là, tu joues moche.

– Mon énervement n'est pas envers toi, mais envers moi ! Je crois avoir su créer un truc sans pouvoir le démanteler.

– Je sais, même pas grave. Allez, on avance, on s'aime, on vibre, on s'illumine et regarde. Regarde...

– Je ne vois rien !

– Eh bien voilà, le nuage est parti !

– Salut, toutes les deux ! Vous faisiez quoi ?

– Nous créons des nuages...

– Oh, je peux lire dedans ?

– Mon poète... Sais-tu que ta sœur sait créer des nuages, les attirer, les défaire, même si la technique en est à ses balbutiements...

– Maman...

– Raconte ! Quel nuage ? Où ? Je peux voir ?

– Regarde !

– Oh... ça ? Quand j'étais petit, je regardais les nuages des gens, je les appelais moutons. Il y avait les moutons roses, les vert caca d'oie, les moutons gentils et les méchants, les moutons noirs. Alors tu vois, rassure-toi bien vite, les moutons sont avec toi ! Et moi j'en avais des troupeaux complets si mes souvenirs sont bons, pas de quoi en faire un drame !

– Oui, sauf que moi je les attire ou dois les défaire.

– Je sais, il y en avait qui bougeaient tout le temps autour de ton lit. Des tout petits. Tu as juste grandi, sœurette ! Ils sont dorénavant plus grands.

– Tu m'étonneras toujours. Bref, ils sont gigantesques maintenant !

– Pas grave, puisque tu sais les défaire.

– Tu y crois, toi ?

– Pas vraiment, mais j'attends de voir. On peut te laisser t'entraîner. On se revoit ce soir, j'ai tant à faire !

– Bonne aprèm, on grand.

– Maman… Je suis grand maintenant !

– Et bien justement.

– Il va falloir cesser tes noms stupides, non ?

– Tu me conseilles quoi ?

– Conseiller du roi. Cela me va !

– Le roi grenouille nous quitte, à nous les citrouilles !

– Bon, reprenons, si tu veux bien. Je crée, je défais, mais les nuages vont et viennent. Je peux donc demander un mode d'emploi au lieu de m'énerver et te faire part de mes visions au lieu de t'envoyer bouler.

– C'est un bon début. En bonne maman que je suis, je résumerai ainsi : dans la vie, il y a des hauts et des bas, pour chacun de nous. L'optique évolutionnelle devrait nous conduire à plus de bien-être intérieur au fil des siècles ou années et je te conseille sincèrement de ne pas t'inquiéter, mais plutôt de vibrer. Cela te va ?

– En effet, vu comme cela...

– Au goûter ! Tu sais pourquoi les mamans mangent aussi souvent ?

– Non...

– Pour créer plein de troupeaux de moutons chatoyants au milieu desquels ton frère et moi adorons gambader.

– Quand que tu m'auras tout dit ! »

« Léopold ! Justine ! Venez ici !
– A qui parles-tu ainsi ?
– Mes coccinelles sont presque en plein rut. J'essaie d'accompagner leurs ébats en contenant quelque peu leurs identités, plus je les nomme, mieux cela devrait se dérouler dans mon potager. Mes escargots bavent, les limaces se régalent, les pucerons pullulent, il est temps que je développe mes stratégies suivantes !
– Un fin stratège, à ce que je vois. Je fonce travailler, cela ira ?
– Pour l'instant oui, puisque le mâle est dominant.
– Mon chéri... bonne journée ! Je reviens tard.
– Je sais, bonne journée et courage surtout, car ils ne vont pas t'épargner.
– Comment cela ?
– Ils sont insupportables aujourd'hui. Une vraie équipe de bras cassés !
– Il suffit parfois d'être au courant pour mieux dépasser l'adversité... Merci.

– Tu me remercieras ce soir. Bonne route ! »

« Je me demande comment tout ce que je ressens dans le fond peut être mis au service de mon travail et de mon rôle d'humaine au sein des humains.

– Tu mélanges le fond et la forme. Le fond ne peut pas à chaque instant se lier à la forme mais la forme dépend intégralement de ton fond.
– Ah bon ? Explique !
– Depuis ton séjour au pays des êtres éveillés, tu as eu le temps de te satisfaire de nombreuses sensations chatoyantes et heureuses. Les gens qui ne se relient pas sont rarement heureux. Ils sont surtout une somme de réactions logiques, statistiques, neuroanatomiques aussi, ils gèrent les finances de manière isolée, oubliant que ce n'est rien sans l'existence des humains. L'argent a pris une place prépondérante qui fait oublier les fines stratégies d'accueil et de bienveillance au sein des groupements, castes, entreprises ou associations.
– Tu essaies de me dire...
– Que prochainement, les gens autour de toi vont tout mélanger et que seule toi verras l'embrouille comme étant une stratégie pour tous en évoluer. La crise peut être un portail pour plus de lumière, tu sais.
– Bonjour, grand patron !

– Vous voilà, je me réjouis de la suite, car si cela ne me convient pas...
– Vous me virez ? C'est cela ? Chantage et billevesées ! Où en est le programme du jour ?
– Je vous attendais. Vous semblez en forme...
– La forme découle du fond, ne l'oubliez pas, pas l'inverse !
– Et...
– Et vos institutions auront besoin de valeurs, de fonds et aussi d'argent, je le sais, mais l'argent découlera du bon investissement des gens heureux.
– Bisounours, ce matin, à ce que je vois. Si vous ne...
– Vous me virerez, je sais ! Alors pour la première réunion, nous allons lancer de nouvelles offensives... de fond ! Nous finirons bien par récolter, vous verrez... »

« Je n'osais y croire, ils ont tout gobé !
– Les politiques ne gobent rien, ils s'alignent à leurs idéaux, il suffit de parler leur langage !
– Mais vous êtes du bord opposé !
– Et alors ? Dans le fond, chaque humain a besoin d'exister. Je leur ai juste permis d'exister et de valider leur cohérence intérieure, dans le fond.
– Je ne comprends rien, mais cela a marché. Je vais vous garder.
– Tant que JE le voudrai. Le jour où vous ne suivrez plus MES stratégies, loin. Si cela arrive, ce sera bel et bien moi qui partirai.
– Alice. Je ne voulais pas…
– Que nenni. Taisez-vous et souriez ! Vibrez de votre victoire. Vous pouvez bien faire cela pour moi ce soir ? Je suis exténuée, ils traînent tellement de moutons !
– Pardon ? »

« Maman… ?
- Oui, mon chaton ?
- Comment tu fais dans ton travail pour tout gérer sans trop stresser ?
- Je gère… assez mal le stress… mais je surfe. Sur des piles de dossiers, in fine. Comme sur une vague sur laquelle j'essaie de mettre du fond, à force de déplacer mes papiers… au milieu des moutons.
- Tu les déplaces plus vite que la musique alors, car moi je ne surfe jamais sur mes feuilles, je n'en peux plus de ces cours inutiles et vains.
- Sois patiente, ma chérie. Les profs vont finir par te remarquer. Enfin… te remercier. Enfin, je veux dire… te donner ton diplôme, parce que tu es excellente.
- Tu sais quoi ? Au milieu de leur amphithéâtre virtuel, j'ai un doute que j'existe seulement.
- Quelle chose te pèse le plus ?
- Travailler…

– Mal barrée alors, car la vie est faite de travaux forcés !

– Tu es rassurante. On voit que tu fulmines de me dire quelque chose qui ne va pas me rassurer, essaie encore !

– Disons qu'avec le temps... on apprend à réfréner nos envies d'évasion... pour traduire nos émotions en calibres adéquats à la réponse attendue par... l'environnement immédiat. Mais garde bien en tête ce que tu ressens au plus profond de toi, car malgré tout, durant ta vie, certaines personnes sauront reconnaître ton fond.

– Tu délires, là ! Combien de personnes voient ton fond ?

– J'ai dit « un jour », je n'ai pas dit quand. J'attendrai le temps qu'il faudra !

– Tu es mignonne... tu sais, à idéaliser le fond. Moi, je vois combien les humains sont perdus au sens propre et figuré à la fois du terme.

– Perdus... ou déconnectés ? Ou acteurs-sécateurs les séparant de leur espace intérieur ?

– C'est bien ce que je dis ! Ils ont perdu le chemin de leur maison intérieure, de l'espace intergalactique de leur origine et de la sphère de reliance qui les accompagne quotidiennement. Te rends-tu compte à quel point ils sont vides de sens et totalement perdus ?

– Dit comme cela, ce n'est guère poétique !

– C'est surtout réaliste, toi tu crées des chimères irréalisables pour nous donner du cœur à l'ouvrage, moi je regarde l'œuvre dans son ensemble, c'est affolant ce qui nous reste à faire ! Tu comprends ?

– Pas très bien, elle ressemble à quoi la grande œuvre de la vie sur Terre ?

– Pas l'œuvre de la vie, l'œuvre en général, je vois sa globalité, le chemin pour y arriver et je ne surfe pas !

– Demandons à Rolf, je sèche.

– C'est cela mon souci, quand je sèche, je n'ai pas d'équipe de Rolfounets qui me réponde directement.

– Demande ce processeur pour la vie prochaine, on ne sait jamais s'ils te soumettent une possibilité dans tes alinéas de référence. Un bon CV et tu y seras !

– Bon, demande à Rolf, on tourne en rond.

– Mais pas du tout, voyons, je prospecte pour ta future mère, c'est altruiste, non ? Elle aura beaucoup moins de travail en activant tes propres ressources, tu comprends.

– Maman... !

– Oui, tout de suite. Je pose mes courses, j'arrive ! (...) Pause pipi, je peux ?

– Fais vite, le temps presse avant mon cours suivant !

– Lol... pipi quand même. Sinon ma vessie chantera plus fort que Rolf, ce sera gênant... »

« Alors... nous y sommes.

– Il te reste 5 minutes !

– C'est largement suffisant pour une réponse. C'était quoi la question ?

– Comment dois-je faire pour voir l'œuvre dans son ensemble sans me perdre dans les méandres des commisérations humaines vaines et futiles ?

– La question devrait lui plaire, cela ressemble typiquement à son vocable !

– On s'entend bien, Rolf et moi...

– Ne l'idéalise pas, tout de même ! S'il n'est pas revenu depuis 6000 ans, c'est pour une bonne raison ! Rolf ? Une réponse ?

– *Merci de me défendre avec tant d'ardeur, très chère ! Et merci d'avoir autant hâte de m'entendre, mes tendres. Je vous aime, voyez-vous ? Sentez-vous ? Pensez-vous que cela suffise comme réponse ?*

– Il va falloir m'aimer vite, car le cours va commencer...

– *Pour ton cours suivant, pas grand-chose à retenir, peut-être 20% te seront utiles. Pour l'ensemble de cette* matière, assez peu de choses très importantes, ce prof aime les réflexions vagues et divague, il apprécie la recherche et les pistes innovantes. *Attention toutefois, point trop, ne surfe pas seule, valse avec lui, un mot sur deux de sa bouche et le tour sera joué, même vocable, pour lui aussi. Tous les mêmes…*

— Mais encore ?

— *L'œuvre finale n'a pas de sens pour lui, ni pour tes amis, mais l'œuvre ne finira pas cette année ni à la fin de ton diplôme, cependant au bout de 15 ans de professionnalisation et de reformulation de nos sphères, tu comprendras ce que l'œuvre globale veut vraiment dire. Après, si je puis me permettre, le cours d'après sera par cœur, si tu veux réussir : copier – coller.*

— C'est tout ?

— *Oui, lui ne sait pas réfléchir… c'est un autre souci !*

— Eh bien voilà. Précis, net et simplifié, je n'ai pas grand-chose à quoi réfléchir ainsi. Je vais appliquer.

— *Encore un dernier détail, ne surfe pas, c'est le rôle de ta mère, toi tu traduiras. On est au clair ?*

— Intéressant.

— Alors go ! Ton cours commence ! »

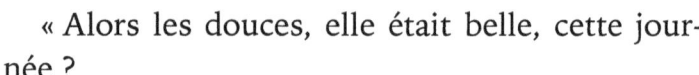

« Alors les douces, elle était belle, cette journée ?

– Pour toi je ne sais pas, mais pour maman et moi, top, des cours aisés, un Rolf en cadence de ouf et une mère qui devient ultra technique dans le surf.

– Je vois. Tu as réussi à enfin voir les mouvements que vous faites en dormant, avec les bras et vos ondes activées...

– Il faut le dire, si je ne puis plus jamais te surprendre !

– Tu me fais rire, Amandine. Rire et plaisir. Et moi, je fais quoi avec les bras ?

– Tu plantes !

– Amandine... Fais un effort ! Avec mon âme, je fais quoi ?

– Je ne sais pas, je sèche.

– Maman ?

– Toi, tu adoucis les mœurs en comprenant les plantes ? Je ne sais...

– Vous ne me regardez pas, quand je dors ? Moi, je slalome entre vous deux !

– Ah... alors c'est au clair maintenant ! A table !

– Manger, respirer, jouir de la vie ! C'est un pur bénéfice.

– Le moins que l'on puisse dire, c'est que tu n'as pas hérité de ton père !

– Ah, au fait... je l'ai eu au téléphone cet après-midi...

– Tu plaisantes ?

– Non, il m'a appelé pour me féliciter de mon investissement massif pour tout ce que j'ai acheté. Il m'a semblé emballé, enfin... fâché, je ne sais plus comment exprimer ma torpeur quand il me hurle dessus. Comment peut-on dire...

– Il a osé, encore une fois ?

– T'inquiète, maman, il gère. Il a assez d'argent et je l'ai remballé.

– Tu as quoi ?

– Je lui ai dit que s'il désirait récupérer chaque seconde ratée avec nos chères vies depuis que nous étions nés, il pourrait faire le même chèque fois 10'000 et j'ai tellement éclaté de rire, que je crois que je l'ai vexé...

– Vexé, lui ? Jamais, seulement il va bouder et décupler sa rage contre moi, tu sais bien que je suis son punchingball préféré.

– Si tu veux qu'on t'aide...

— Non, j'adore cela, désormais je lui ai presque pardonné, je le plains suffisamment pour rester capable de l'entendre.

— Tu as progressé.

— Beaucoup, merci. Il y a un temps pour tout. Heureusement qu'il déteste la mer.

— Il ne surfe pas, lui…

— Tu as raison, Amandine.

— Il a dit quelque chose pour moi ?

— Oui, que tu achètes sans doute trop de livres et que tu as intérêt à ne pas rater tes études, car là cela serait trop.

— Trop quoi ? Trop cher ?

— Vous êtes des amours tous les deux ! Quelle chance il perd de ne pas vous avoir en face et d'oser grandir de vos discours tellement légers, drôles, adorables…

— Ne l'écoute pas, elle n'est pas réaliste !

— Quelle mère peut l'être avec autant d'avance sur l'humanité !

— Vous m'êtes si chers, beaux dedans, charmants, aidants…

— On l'a perdue ! »

« Pourquoi, nous, les humains, n'avons plus accès à l'intégralité des choses, comme Rolf peut l'avoir ?

– Je ne sais pas, Amandine, je ne me pose pas ce genre de question.

– Eh bien moi, si ! Alors j'aimerais bien savoir qu'est-ce qui fait que nous sommes si... archaïques et séparés du grand Tout, finalement.

– Veux-tu que nous lui demandions ?

– Oui, ouvrons. C'est sage de ne pas s'appuyer uniquement sur nos divagations, car de toute façon... il nous manque toujours un morceau !

– *Dans le fond de ton cœur, il y a des morceaux supplémentaires à ceux qui sont dans ta tête, demoiselle. Ne l'oublie pas. Ce qui te manque dans ta vision erronée de la réalité, dans ta pensée, c'est que vos sens, vision, odorat, etc., vous conditionnent à ne voir que ce que vos yeux voient, cependant vos organes défaillants vont se développer au point de voir avec le cœur, d'entendre avec les poumons et de ressentir avec les reins. Entre autres. Le foie est un organe d'exception, si tu pouvais imaginer* ce qu'il ressent, tu serais en admiration totale devant un foie. Souvent, la raison pour laquelle les gens ont un foie embrumé de toxines, totalement surchargé ou mal propre, c'est qu'ils ne respectent pas les règles d'hygiène mentale et alimentaire, mais aussi les lois du respect sur Terre entre les humains. Un foie et son état nous rappellent combien les règles de base sont essentielles et combien nous devons rectifier le tir pour mieux savourer une vie simple, dénuée de beaucoup de choses superflues.

— Tu vois, cela je ne le savais pas ! Pourquoi toi tu le sais ?

— Parce que moi, ma grande, je vois sans les organes, donc je ressens dans mon âme et je ne suis pas enfermé dans la matière. Sauf que ta matière offre un parti unique de permissions ! Permissions de goûter, de respirer, de ressentir à travers tes organes de manière époustouflante durant ton incarnation. Alors certes, il te manque des éléments cognitifs de savoirs, mais tout est permis à travers l'expérience.

— L'expérience d'engluer notre foie, tu parles…

— Le tien va bien, sauf erreur de ma part, il réclame un peu son dû de-ci de-là mais dans son ensemble, il a besoin de ton devoir d'exigence sur le quotidien. Et tu le gères assez bien, ton quotidien.

— Mais je stresse ! Beaucoup trop ! Quel organe va en pâtir ?

— *Le foie ne rentre pas en mesure pour le stress, c'est le système de la peau qui va souffrir, la peau et le système nerveux en premier lieu. La peau parce que c'est le seul qui va être en contact avec le monde, mine de rien, et le système nerveux car il va disséminer partout, et dans tous tes organes, des influx qui vont ensuite être traduits pour chaque organe. Donc si ton système nerveux est maltraité, dans ta vie, d'autres organes vont en souffrir. Et hop... ta vision intérieure sera obstruée.*

— Donc, on résume, mon stress blesse ma peau, boucle mon système nerveux, qui envoie des influx aux autres organes et c'est pour cela qu'il me manque une vision claire de la vie ?

— *Pas seulement, mais dans l'ensemble, les portes d'appréhension chez vous commencent par là. Alors certes, le cerveau pense seul, isolé du reste, même avec un foie ou une peau endommagés. Sauf que son service est limité car il est soutenu par le restant de ton corps pour ton osmose avec le monde. Si tu blesses ta vie, tes proches, tes cellules ou la Terre, ton cerveau ne te rendra pas uniquement service à très long terme. Si tu respectes le plus possible les uns et les autres, ton cerveau devient translecteur des informations supérieures qui permettent, comme ta mère le fait, de traduire le monde en d'autres influx, en d'autres possibilités de comprendre l'ensemble, comme tu le dis si bien. C'est une traduction en modes d'emploi des infos cryptées de l'univers auxquelles vous avez accès.*

– Donc maman ne blesse personne et entend mieux ?

– *Non, ta mère a reçu ce don d'avant, mais elle devient de plus en plus potentielle pour mieux comprendre, si elle prend le temps de fermer ses organes d'humaine pour ouvrir ses organes de ressentis plus fins. Et voilà.*

– Il a l'air si satisfait de ce qu'il dit...

– Douce, ce qui compte, c'est que tu t'apaises avec les explications qu'il te donne.

– Un, je ne m'en souviendrai jamais, deux, comment veux-tu que je traduise l'univers tout entier, le monde et ses incohérences si je n'entends même pas avec les poumons !

– Moi, je vois avec mes ongles ! Vous allez bien ?

– Amandine patauge dans ses pensées.

– Je surnage avec Rolf qui clarifie et maman qui trouve toujours tout si aisé et moi jamais !

– Je vois... donc toi, tu râles, et maman t'aime avec patience.

– Belle déduction, Jason. Avec le temps, je vais faire comment ?

– Crise existentielle... une pincée de salade romaine et quelques herbettes devraient t'accompagner. Je vais t'en cueillir.

– Un frère limité à planter, une mère présente mais trop confiante, un guide spectaculaire, je veux vivre avec lui, maman !

– Mais ma chérie, il n'existe pas ! Enfin... pas là !

– Amandine, je suis touché de ta sollicitude, j'en parlerai pour ta future incarnation. Toutefois, pour le moment, vous avez une porte ou un interphone sur d'autres espaces-temps qui vous fluidifient quelque peu le quotidien obstrué par des ondes pénibles et moi j'essaie de vous les rendre plus fun, moins perméables au négatif et donc plus utiles sur le long terme pour sourire et vibrer. Tu comprends ?

– Je veux te voir ! Je ne vois plus rien ces temps !

– L'aléatoire des ressentis, c'est ainsi. Sois tranquille, nous nous reverrons. Pour l'instant, la case Henri touche suffisamment tes ondes internes pour que ton espace mental et vibratoire soit utilisé.

– Henri ne comprend jamais rien à l'énergie, il doit se satisfaire de ce que je lui dis et jamais il ne nous croira si nous lui parlons de toi, tu comprends ?

– Ce que je comprends c'est que la vie d'incarnée te pèse ces temps, chose que je sais pleinement, cependant rassure-toi, de bonnes soirées et des moments exceptionnels t'attendent. Et d'autres moins. Cela dit, tu auras de grandes joies et plein de belles solutions qui viendront à *toi. Donc garde dans ton cœur un accès unique à notre réalité pour mieux comprendre et aimer sur Terre dans un corps de chair. Voilà. Ai-je répondu à tes questions ?*

– Pleinement, comme d'hab et mieux que nous. Comme d'hab…

– *N'oublie pas que Henri doit savourer ce que tu lui donnes de ton cœur, ne le blesse pas en lui disant qu'il est insuffisant…*

– J'y repenserai. Je le vois ce soir. Cela tombe bien.

– *Non… tu crois ?*

– Tu crois qu'il se moque ?

– Toujours, enfin… jamais ! Il est simplement léger et sans émotions déplacées, lui ! On avance, tout va bien, tu grandis bien et moi aussi.

– Grandir à ton âge ?

– Grandir dedans, ma fille, dedans…

– Maman… heureusement que tu es là !

– Toi aussi, sinon je n'y aurais même pas pensé. »

✦

« Alors, à quand la prochaine solution miracle ?

– Hello Jason ! Bien dormi ?

– Top, comme d'hab.

– Le moins que l'on puisse dire c'est que ton HP est moins coûteux que celui de ta sœur.

– Elle complique. Moi j'ai compris, c'est toute la nuance de mon talent !

– Compris quoi ?

– Que rien ne remplacerait la nature et qu'elle seule subsistera à notre simple existence, donc je suis en face d'un monstre dilemme assez vite résumé : soit je la considère en tant que telle comme supérieure à nos vies, soit je la néglige. J'ai opté pour la une, donc je retire la deux, tout va bien.

– Évoluée et supérieure à nous. C'est beau ce que tu me dis.

– Beau et grandiose, tu veux dire ! Magnifique, splendide ! Grandiloquent !

– Si je ne te connaissais pas, je dirais que tu es en phase maniaque, mais je sais que c'est simplement toi... Du grand Jason !

– Et oui, la chance que vous avez. Salut !

– Bonne journée.

– Je te rappelle que tout ce que tu vas manger progressivement sera ancré dans la Terre, vibrant et énergétisé par mon amour, simplement parce que je travaille mon jardin. Le lien avec votre âme n'en sera que plus nourri, donc mieux respecté, donc...

– Oui je sais... C'est grâce à toi mon chéri.

– Et oui !

– Ai-je été insuffisante dans ma valorisation ces années précédentes ?

– Tu n'étais jamais là, ce n'est pas grave.

– Jamais, tu exagères...

– Là, mais pas là. Tu sais, ces coquilles vides de parents qui croient bien faire en offrant un repas à leurs enfants tandis que les jeunes âmes éveillées n'avaient besoin que d'amour vibrant et d'osmose avec le monde.

– Je vois... Désolée.

– Pas grave, on va t'aider ! Bonne journée ! »

« Ah ! Mes enfants, je crois que j'ai décidé une grande chose !
– Pardon ? On va encore déménager ?
– Mais non, voyons, une grande chose dedans !
– Raconte… je suis sérieusement intéressé.
– Avec le temps, j'ai découvert que les médias ne nous parlaient pas vraiment de cette réalité de dedans, donc il me semble qu'il faudrait que nous commencions un journal spatial local qui exprime cette force qui existe et dont les médias négligent tant l'existence. A force, nous perdons les pédales et nous scrutons ce que les chiffres veulent bien nous faire avaler sans réellement savoir s'ils sont véridiques, d'ailleurs. Au fur et à mesure, il y a un appauvrissement de l'humanité au profit du dehors, de la forme, de la superficialité et de tout ce qui touche à ce que nous observons dehors. Je trouve que, même dans mon travail, rien ne privilégie la forme interne, ni la lumière, ou quasiment rien, donc nous pourrions nous lancer dans un périple spatial de l'intérieur.

– Euh... maman, ton rêve est chouette, maintenant qui paie, qui fait quoi, qui lance, où ? Le pragmatique, tu comprends ?

– Le dehors... je sais, il faut que nous fassions avec... sauf que si ton frère décide d'utiliser son Darknet autrement que pour acheter des graines à germer, nous serions presque open à ouvrir un White Net, non ?

– Tu es chouchou, mais je ne suis pas sûr d'avoir le level pour le lancement de solutions aussi techniques et interdites, tu vois.

– Valentine pourra te montrer.

– Tu cherches à nous envoyer un message subliminal ?

– Non appellerons notre site Web le White Net, cela sera cool non ?

– Bon, admettons que tu lances une nouvelle ligne de pensées, peut-être pourrions-nous y laisser une trace papier aussi, un bon vieux parchemin, une essence positive qui se retrouverait plus tard et, si tu insistes, nous pourrons laisser une trace sur un morceau d'ADN comme l'EPFL l'a fait en Suisse. Je te file un bout de peau. Toute l'informatique va se graver sur de l'ADN pour tenir quelques milliers d'années, je me renseignerai. D'ici quelque temp, on pourra bien acheter une machine qui gravera sur mon lambeau de peau ou sur je ne sais quoi nos informations brillantes et lumineuses !

– Tu es flippant Jas', je ne te savais pas si informé.

– Et oui, sœurette, le propre des garçons ! Ils zonent, surfent, aiment la vie et chopent ! Des informations, je veux dire…

– Et ils adorent la pipe. Je vois. Tu as choppé ça où ?

– En ligne, mais qu'importe. Le traçage des informations va réellement faire un bond et ils vont même pouvoir fantasmer et envoyer des informations dans l'univers…

– Et saloper l'atmosphère de nos capsules d'informations dans les étoiles pour que d'autres êtres nous trouvent géniaux ? Alors qu'à mon avis nous sommes en retard sur toute la ligne ! Et que les transports d'informations co-existent largement déjà avec la fonction Terre et ses habitants sur d'autres fréquences, tout simplement !

– Qu'est-ce qui te fait dire cela, ma chérie ?

– Mais regarde-nous ! En Bretagne ! Avec les humains ! En pleine pandémie ! Avec les informations que nous recevons… Un black pot complet !

– Je vois, vous, vous êtes la nouvelle génération dépressive et moi je fantasmais, comme tu le dis si bien, de lancer une lumière dedans quelque part. Mais je crois que je vais tout faire pour allumer mes ados en priorité... tu as raison. Commençons petit et local.

— Non, je te charrie, mais tu sens bien que l'on vient de loin, encore à moitié tout archaïques, à vouloir jouer des gros bras avec le restant de l'univers, tandis que personne ne sait exactement où nous allons après. Alors qu'ailleurs ils savent sans aucun doute tout de nous. Ce que je sais de source sûre, c'est que nous ne reviendrons pas tous ICI !

— Black pot, white net et source sûre vont vous faire découvrir l'univers tout entier ! Je vois déjà la pub, un vrai bide !

— Mais non, la lumière dedans !

— Pardon, je plaisantais...

— Bref, mon rêve de cette nuit ne semble pas totalement réaliste, mais j'y procèderai sur le tard, quand vous ne serez plus à la maison et que je m'ennuierai. Avec mon nouvel amant à la fin de ma vie. Là, je vais travailler. Bonne journée mes grands, maman vous aime !

— Tu pars déjà ?

— Il faudrait savoir... lourde ou capitale ?

— Maman...

— Je sais, mon poussin, je sais... Courage pour vos jobs respectifs, on avance, tous les trois, nous allons aimer de manière vaste autour de nous et cela sera suffisant.

– Ben oui, c'est déjà bien. Aime-nous !

– Je procède, je procède... Bisou !

– Prends des notes pour ton exposé de fin de vie dans le train, je te les corrigerai ce soir !

– Merci. Je savais que tu accrocherais d'une manière ou d'une autre.

– Bon, moi je retourne à mes cours en ligne. Quelle plaie, pas de copains, pas de potes à charrier, pas de profs à critiquer, toute seule, c'est monacal, cette nouvelle vie.

– Monastère avec beau jardin, s'il te plaît !

– Merci, je te regarderai avec douceur par la fenêtre aller et venir. Dans les monastères aussi, ils avaient le droit de regarder.

– Oui, mais pas toucher !

– Jason !

– Je nous sens en forme... chouette. A suivre ! »

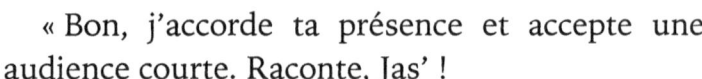

« Bon, j'accorde ta présence et accepte une audience courte. Raconte, Jas' !

– Tu sais, ce que disait maman ce matin, et bien moi je trouve que c'est assez fun de créer un white machin, ouais... la white machine, tiens. On pourrait aussi l'appeler autrement, mais, fondamentalement parlant, il serait bien qu'une partie de l'humanité surfe sur un NET différentiel qui choisirait uniquement d'informer le beau. Le bon. Et ce qui fait du bien.

– Tu es un rêveur, mais je t'apprécie quand tu cherches à faire du bien. Reviens quand tu auras un projet en main.

– Amand'... j'ai un souci.

– Je sens bien que tu zones depuis un moment, qu'est-ce qui t'arrive ?

– Je ne sais pas trop comment te le dire, mais je crois avoir vu des choses moches sur une copine.

– Tu crois ou tu as réellement vu ?

– Ressenti, puis entendu, puis je ne sais plus.

– Comment ça, tu ne sais plus ?

– C'était flippant ! Tu comprends ? Donc mon cerveau ne veut plus ressortir l'info.

– Blague ! Toi, tu ressors toujours tout, à propos, en plus !

– Non, là j'ai un blanc.

– Souci grave, la copine ?

– Viol ou un truc du genre.

– Attends, tu es en train de me dire que quelque chose de si grave se déroule et toi tu as un blanc et ton cerveau s'est arrêté ? J'ai lu un truc du genre un jour, une copine avait fait un exposé sur les organisations métaboliques lors des troubles dissociatifs, c'est vraiment passionnant…

– Amand' !

– Ok, pardon… Tu te sens mal ?

– Pas mal, bizarre… absent, étrange. Je ne vais pas bien.

– C'est étrange que maman n'ait rien vu ce matin.

– J'étais normal, ce matin. C'est maintenant que je vais mal, un truc m'est revenu à la figure, je n'ai rien compris, et rien pu faire non plus, mon cerveau est planté.

– Un bug, en quelque sorte. On va réfléchir. Tu me laisses retrouver son exposé et on le lit après mon cours, ok ?

– Ok, je vais regarder un film, je ne peux rien faire.
– Tu as l'air flippant, en effet. Jason absent, c'est flippant. Vraiment !
– Je ne suis pas « absent », j'ai « disparu ».
– Disparu ?
– Oui, comme englouti dans un méandre de mon psychisme.
– Disparu et poétique. Je t'adore, cela va aller. Je finis mon cours, ok ? »
(...)

« Ok, j'ai fini ! Pas intéressant, mon cours.
– Et moi, je ne sais même plus de quoi parlait cette série.
– Alors, j'ai regardé vite « aif » et je crois que ce dont tu souffres est un état dissociatif post-traumatique. Mais où aurais-tu pu être traumatisé, toi ?
– Ne cherche pas, chez papa. On avait fait un jeu et il m'avait tellement engueulé que mon cerveau avait eu un vrai bug, pendant plusieurs semaines, je crois. C'est après ça qu'il n'a plus jamais voulu me garder. Pour lui, c'était de ma faute.
– Et selon toi ?

– Je ne sais pas ce qu'un enfant doit faire, mais je sais que j'ai eu trop peur. Et maman, elle, elle nous protège.

– Sacrée maman… Donc reprenons, un trauma fait que parfois, quand les signaux d'une violence nouvelle ou du trauma précédent surviennent, il semblerait que le cerveau, qui a enregistré auparavant un danger ou une insécurité, puisse se mettre en veille, par économie, si tu préfères. L'écran se plante et fait défiler les anciens paysages.

– Je vois, c'est un peu ça.

– Tu as entendu quoi ? Sur cette fille ?

– Elle disait à une ancienne copine que parfois elle avait mal, et peur et… je ne sais plus.

– Tu veux qu'on l'appelle ?

– T'es malade ! Je ne sais même plus de quoi ça cause.

– Ok, tranquille, ton écran a bugué, tout va bien. Ici avec moi, tu te sens en sécurité ?

– Oui, sauf quand tu me parles de ce moment. Mon cerveau plante.

– C'est exactement ce dont il est question dans son exposé, l'hippocampe et les amygdales font leur travail, en cas de mise en danger et tant que la sécurité ne se remet pas en place, le cerveau fait un arrêt sur image qui relie la personne à rien et donc la coupe de son univers angoissant.

– Tu m'en diras tant.

– C'est bizarre, tu souris, c'est monstre « space » !

– Je ne souris pas, mais je me sens vide et pas du tout agressé, là.

– Tu souris quand tu en parles ! Il faudrait un professionnel, là.

– Surtout pas, n'en parle pas à maman, encore moins à papa !

– Je sais ce qu'on va faire, on va t'entourer de blanc et toi tu vas simplement te laisser aller au fond dedans, puisque « dedans » on semble bien, en sécurité.

– Ok, dedans... en sécurité... uniquement toi dehors... personne d'autre... c'est blanc, c'est ok.

– Et bien maintenant que tout est blanc, je vérifie que la pièce soit jolie, belle, simplement vibrante et que rien ne vienne squatter autour et c'est le cas... Ensuite tu vas doucettement revenir dehors aussi dans la pièce avec moi, pièce qui est blanche.

– En effet, je te vois, mais qu'est-ce qui se passe ?

– Rien, tu vas aller faire ton jardin, moi mon cours suivant, je viens de tester une nouvelle méthode de clarté pour le futur white machin chose de maman.

– Tu plaisantes ? Je me sens mieux.

– Donc, on s'en fout de ce qui se passe, viens me voir si tu te sens bizarre à nouveau, ok ? Ce soir on fera le point avec super Rolfounet.

– Ah Rolf, oui… Lui, au moins, ne nous blesse pas.

– Attends, tu te sens toujours blessé ?

– Non, mais seules mes plantes me rassurent, les humains restent ultra flippants.

– Eh bien, je crois qu'on vient de découvrir pourquoi tu as fait tant d'angoisses et pourquoi tu as lâché l'humanité scolaire, mon grand.

– Grand dehors, mais apeuré dedans ?

– Non, planté dedans, et rassuré en plantant. Des plantounettes je veux dire…

– Elle était bien bonne !

– Je sais. Le luxe d'être entraînée par toi ! Va, je fonce faire mon cours.

– Et moi, je fonce déplanter mon cerveau en plantant. »

« Bonjour mes amours, journée légère ?
- Pas vraiment, plutôt incroyablement étonnamment lourdingue.
- Raconte.
- Jas' va mal.
- Encore !? Attends... il faut que je pose mes affaires et que l'on se fasse un bon thé. Tu me le prépares ?
- Ouais, tu as raison, on en a pour un moment, donc on préparera le repas ensemble, après le thé, et on fait venir Rolf pour mes créances d'informations.
- Créances ou chance ?
- Va poser tes affaires, je prépare.
- Je vais appeler Jas'. (...) Jason ! Le retour ! Maman est là.
- J'ai vu...
- Et ?
- Rien, je suis un peu perdu.
- Viens te retrouver mon grand. Je suis là. Qu'est-ce qui s'est passé ?

– Un truc bizarre que je ne comprends pas.

– Oh là, c'est rare. On avance ! On va y arriver ! Viens boire un thé.

– Je finis et j'arrive.

– Amandine, il a l'air vraiment à l'ouest, qu'est-ce que tu lui as fait ?

– L'univers est responsable cette fois-ci, pas moi.

– Ah bon, je préfère.

– Non, pas moi ! Je l'aurais embêté, j'aurais préféré, il serait venu se plaindre et on aurait pu enchaîner mais là, c'est plus compliqué.

– Tu m'intrigues…

– On y va. Ton thé est prêt. Il arrive.

– Bon, moi je ne résume rien du tout, Amandine n'a qu'à te raconter. C'était déjà pénible une fois, je ne recommence pas.

– Ok, et tu m'arrêtes si je dis faux. Donc Jason a entendu une conversation trouble et anxiogène autour d'un viol sur une copine et cela lui a retourné le cerveau. J'ai fait mes recherches et il semblerait qu'il ait fait un état dissociatif post-traumatique.

– Pardon ? Tu connais cela, toi ?

– Les études… cela sert à quelque chose, les copines aussi, un vieil exposé qui m'avait, j'avoue, pas mal choquée.

– Bon, raconte, mon grand. L'info perturbante venait de qui et quand ?

– Hier, une damoiselle en panique a rendu l'âme au fond d'elle-même et a confondu l'espace privé et l'espace public. Bref, j'ai entendu qu'elle parlait des abus de son copain, elle avait mal et... après je ne me souviens plus de rien.

– Donc... elle serait en danger ? Il faudrait que nous puissions l'aider ? L'accompagner auprès des services qui s'en chargent, lui donner des informations sur les structures légales, les possibilités d'intervenir, d'être suivie gratuitement, ses droits, les lois, et l'aide aux victimes qui existe j'imagine dans chaque pays. Enfin, en Suisse tout du moins, c'est la LAVI, il faudrait vérifier ici... Discret, dans le secret pro, gratuit. Elle aurait peut-être droit à des consultations gratuites, ainsi qu'à un avocat-conseil attribué.

– Et voilà, mon grand ! Cela sert à ça, une maman ! Tu vois qu'il fallait lui en parler !

– Il voulait me cacher cela ?

– Non, plus précisément ce qu'il a subi chez papa. Car finalement, son arrêt sur image en entendant une situation traumatique l'a renvoyé à quelque chose de plus fort chez papa. Il m'a parlé de feu, moi j'ai un doute.

— Mes chéris, quand j'ai refusé de lui allouer quoi que ce soit dans vos années tendres, c'était vraiment parce que j'avais un doute sur ses colères monstrueuses et sur votre sensibilité, c'était impensable, mais je n'avais pas pensé à des traumas. Je comprends mieux pourquoi tu es si... sensible... et peut-être même cabossé de quelque chose qui nous a échappé ! As-tu envie de nous en reparler ? Le but ne sera peut-être pas de creuser, mais de te rendre ta liberté et ta fluidité intérieures.

— Non, je n'ai pas grand-chose à dire, c'est surtout cette réaction étrange qui me scotche. Et... je fais quoi ?

— Assieds-toi confortablement et ouvrons un espace verbal avec Super Rolfounet. Tu veux bien lui demander ?

— Clairement !

— Allons-y. Cher Rolf, que doit faire une mère en de telles situations et que peux-tu lui expliquer et comment pouvons-nous aider Jason et...

— Maman, du calme, une question à la fois.

— *J'ai entendu. En effet, le cerveau de Jason a subi des traumatismes qui vous ont échappé, mais semblaient aussi utiles à son développement. Car, parfois, pour qu'une âme change d'anciens dossiers, il lui faut vérifier de nouvelles données. Notamment, chez lui, la fiabilité de ses proches. Ceux à qui il pourra faire confiance et* ceux à qui il ne pourra jamais faire confiance. A ce stade, c'est assez normal. Ce qui l'est moins, c'est son état dissocié pendant les faits racontés de son amie. Sans doute qu'il y a une parcelle de son propre vécu qu'il faudra revivifier pour le « décabosser », lorsqu'il aura envie de parler, mais il y avait aussi des énergies suffisamment maussades et embrumantes autour de cette jeune fille qui a clairement besoin d'aide, si elle ne souhaite pas devenir une victime idéale de mauvais damoiseaux... à vie. Nous allons pouvoir intervenir pour déjà retirer sa brume intérieure avec gentillesse et sa brume extérieure comme une revendication des forces positives sur les négatives. Car il y a toujours des réseaux derrière les traumatismes. C'est une lutte que Jason sait opérer, mais dont il n'a pas pu mettre en route les rouages en cet instant précis. Donc procédons. D'abord l'entourer de blanc, vous sentir proche d'elle et surtout l'entourer de suffisamment de lumière pour que... tranquillement... cela pénètre au fond de son cœur en toute tranquillité... quand elle le désirera. Aucune obligation, là. En aucun cas les soins énergétiques ne doivent être obligés, il semblerait qu'il soit simplement nécessaire de mettre à disposition plus de lumière et que l'individu puisse la prendre... ou pas. Libre arbitre oblige.

– Et si elle ne la prend pas ?

– Et bien nous recommencerons et la trace restera quelque part dans la mise à disposition. Des humains guérisseurs sont très forts pour mettre des paquets de paillettes au pied de ceux qu'ils ont soignés, afin de les rendre plus autonomes lorsqu'ils seront prêts. *Parfois, l'âme a besoin de temps, de richesse extérieure pour accumuler plus de savoir dedans. Et de lumière. Procédons.*

– Bon, on essaie...
– (...)
– Est-ce suffisant ?
– *Oui, pleinement. Pour Jason, c'est différent, le karma de son père sera grand, car l'accumulation négative venant de son affluent sera poursuivie au fil des ans s'il ne coupe pas littéralement le lien vibratoire avec lui. Procédons aussi. Concentrez-vous sur l'osmose de ce petit garçon avec son père en un instant donné, avec la requête spirituelle, avec une demande auprès de la hiérarchie de belles équipes blanches, de bien vouloir laisser cet enfant libre de tout supplice supplémentaire, pour le laisser évoluer selon son destin et non selon les besoins du chargement d'autres personnes. Voici ce qui se passe en cas d'abus ou de manipulation : les gens sortent de leur destin, de leur route, de leur chemin et de leur propre énergie. Certes, tu as largement contribué, en tant que maman, à une meilleure disparité de ses propres ressources, mais tu as aussi réussi à ne pas trop le laisser « souffler par lui-même ». Le rôle d'une maman pendant qu'ils sont jeunes ! Normal. Il est temps désormais de lui rendre le jalon pour qu'il cherche, par lui-même, les bonnes sources de son propre potentiel pour virer toute osmose avec ce genre d'énergie. Ensuite, et enfin, il saura*

le faire sur d'autres individus, ce qui le rendra quelque peu guérisseur de l'âme.

— C'est dingue de comprendre cela. L'impact est énorme, littéralement immense sur les gens et ces fameux partages qui n'en sont pas, des vrais vampires ces gens !

— Tu as raison, ma grande, des vampires qui insufflent, imposent et transgressent un certain nombre de lois avant d'opérer de tels transferts de force pour eux, sans doute égoïstement. Sacré papa ! Tu en penses quoi, Jason ?

— Rien, mon cerveau refuse d'évoluer tout seul.

— Mais je suis là, voyons ! Je suis et resterai ta mère, cependant tu ne peux vivre avec la mienne uniquement. Souris ! On va y arriver ! Cela ne changera rien d'autre que de devenir un guérisseur des âmes avec un potentiel incroyable.

— Je dois réfléchir, en effet. On va relire, tu as noté Amandine ?

— Oui, comme toujours. Si je ne note pas ce que dit Rolf, comment pourrons-nous, nous, si petits en nos consciences, nous souvenir de tant de grandeur ? Cela fera partie de mes futurs cahiers sur l'évolution spirituelle. Je me réjouis de mettre cela en page. Je te l'imprimerai.

– Une toute bonne équipe, vous ne trouvez pas ? Je capte, elle note, il soigne. Allez ! A table ! J'ai faim après cette grande journée de travail.

– On t'en demande un peu trop à ton retour ?

– Pas ce soir, c'était important. Après, c'est clair que si cela se reproduit trop souvent, cela sera inversé : d'abord je mangerai, ensuite j'ouvrirai.

– Tu l'entends tout le temps ?

– Oui ma chère. C'est assez délicieux.

– J'adorerais !

– Mais tu as d'autres pistes, d'autres sources de visions. Note-les. Vous avez tous les deux des potentiels plus riches que moi. On est incroyables et rien à la fois ! C'est dingue. J'ai faim ! »

« J'ai beaucoup réfléchi à cette histoire de trauma, dont nous avons parlé hier et il me semble comprendre que les traumas blessent, ferment, bloquent et insufflent des masses sombres de forces qui deviennent caduques, quand il faut travailler avec son cœur.

– Mon Jason, tu veux dire que quand le traumatisme s'immisce dans un cerveau, il œuvre aussi à d'autres niveaux ?

– Je veux dire, ma chère mère, que tant que la circulation n'y est plus, l'homme ne parvient plus à libérer les énergies nécessaires à son bon fonctionnement. Et l'organisme a déclaré forfait, bloqué des choses, engendré des substituts, comme sourire et faire bonne figure, mais ces gens enfermés dans un trauma ne sont plus tout à fait eux-mêmes. Ils sont liquéfiés, au profit de ces forces sombres qui agissent métaboliquement, ou l'inverse, le métabolisme envoie des signaux pour que les énergies les salissent et les vident, je ne sais.

– C'est intéressant ce que tu dis. Qui commence ? L'hippocampe ou les réseaux vibratoires ? On peut demander à Rolf si tu veux.

– De fait, ce serait chic.

– *Selon votre explication, il manque un véritable élément au déclenchement de votre trauma, il y a toujours un choix, des acteurs, un accident ou des évènements immenses. Après un événement immense, le cerveau trouve que l'information semble mortelle et complexe, voire insurmontable ; l'enfant, l'ado, l'adulte, les trois identiquement, ferment une soupape ponctuelle de réalité. Sauf que c'est là que s'insufflent les réseaux fondamentaux, qui adorent se nourrir des traumatismes et qui envoient des signaux à ces cerveaux déjà paniqués. Ils en deviennent les hôtes et fondent en certaines cellules des rappels immédiats qui, ensuite, font une série de flash-back, formes-pensées, etc. Donc d'abord l'événement, ensuite l'organique sur le champ, avec des modifications de l'ADN et des marqueurs dans le sang, puis des réseaux qui habitent ensuite le corps de celui qui a vécu l'événement. Tout cela pour créer un portail à dépasser ultérieurement.*

– Comment ne pas vivre ce trauma à répétition ?

– *Il est clair que la personne seule, sans aide, ni amour, ni lumière, qui a vécu un trauma majeur, devient dépendante de choses, de gens. Il faut l'extraire de ces réseaux et de leur nourriture pour qu'elle finisse par* lâcher les addictions. *Le fond, l'énergie, la lumière interviennent assez bien sur ces phénomènes mentaux. Sauf qu'il faut une personne bienveillante suffisamment puissante pour insuffler cette énergie et cette lumière à tout bout de champ, pendant un sacré bout de temps, sinon la personne retombe sous les réseaux qui n'attendent que cela.*

– Elle peut tout de même se mettre à vibrer et changer son cursus seule, si elle le comprend ?

– Tu fais bien de demander, Jason, c'est une très bonne question. On va voir.

– *Tu as raison en effet, les gens conscients, évolués, sont capables de dire chaque jour STOP ! Et d'œuvrer eux-mêmes. Sauf qu'avec un coup de pouce extérieur, il semblerait que cela soit meilleur.*

– Et une fois sorti du réseau, une fois remis dans la lumière, on fait quoi ?

– *Une fois que tu as remis la personne sur le chemin, elle doit s'activer, se changer, modifier des choses, se mettre à suivre un chemin, qui rapidement la mettra en circulation sur la vie, dans la vraie action, pour nourrir son énergie et sa lumière. C'est ainsi. Ne sois pas confiant dans le fait que cela se mette tout seul en route, cela demande des années voire des décennies pour certains, des lustres pour d'autres, mais pour toi, dans ce cadre de vie, avec ta conscience élaborée et ton environnement positif qui connaîtra ce processus, à peine quelques mois pour libérer tes chakras, tes ondes, briller* et devenir celui que tu as toujours été. Mais cette fois-ci, version grande personne, c'est-à-dire en agissant ! Mets-toi au feeling dans les activités que tu désires, mais bouge, fonce, agis !

– Rolf a toujours été beaucoup dans l'action, à croire que nous ne pourrons pas, nous, humains, nous reposer et ne rien faire, mon grand. Tu vois, il suffira de bien bouger, travailler, vibrer et briller.

– *Je dirais plutôt qu'il faut d'abord illuminer et ensuite agir, ainsi tellement de choses se débloqueront. D'abord la lumière : frout ! Tout avancera ensuite. Mais bien entendu, il faut se secouer pour éveiller l'âme et retrouver le chemin.*

– Alors, tous au jardin !

– Si tu veux, moi je fonce travailler dans mon domaine, car il manque encore de nombreux modes d'emploi pour respecter tout le monde dans ces institutions.

– Tu restes ici, en télétravail, ce jour ?

– Certes, beaucoup plus cool, du coup, mais vous faites à manger.

– Hop hop hop ! On va se bouger ! C'est important, il l'a dit...

– Et moi, je fais quoi ?

– Ah, Amandine, tu arrives à point, on a compris un nouveau truc avec ton frère et Rolf.

– Lequel ?

– Qu'il faut allumer, puis se secouer.

– Jason résume un peu vite, là, mais dans le fond, c'est que les traumas blessent, ferment quelque chose dans l'être, bloquent autour et insufflent des masses sombres de forces qui deviennent caduques quand il faut travailler avec son cœur. C'est un genre de givrant, qui, dans un livre, j'imagine, efface certains mots et en met d'autres en surlignage. D'abord, il y a un événement qui fait une réaction organique, ensuite cela ferme et naturellement les réseaux foncent dessus. Bref, il faut sortir la personne des ondes néfastes pour pouvoir l'aider. Mais seule la personne ensuite peut agir en prenant le relais et en travaillant, secouant, bougeant, s'escrimant à… faire des trucs positifs de sa vie. Ainsi, elle se garantit une belle suite.

– Bien résumé ! Moi, Grand Jason, je n'aurais pas fait mieux.

– Ce qui me fait super plaisir, mon grand, c'est que tu ne t'es pas fermé et que tu sembles moins dissolu qu'hier, c'est bon signe, non ?

– Carrément. Je fonce. Je connais la véritable identité des traumas, je vais me réveiller. Promis, maman, je recommence mes études rapidement, je vais faire plein d'activités, je vais…

— Doucement, damoiseau d'amour, il suffit que tu fasses un pas après l'autre et que tu finalises les choses. On est prêtes avec Amandine à te voir te secouer, mais doucettement et respectueusement, tu comprends ?

— Mouiiii, je dirais qu'il doit se bouger, mais cool.

— Ah, je comprends mieux ! Merci d'avoir traduit ! Sans vous, que ferais-je ?

— Tu serais chez papa, comme un bel imbécile fermé, mais aussi en souffrance que lui.

— Amandine ! Voyons, un peu de respect pour les gens en souffrance !

— Papa souffre, tu crois ?

— Il ne s'en rend pas compte, car la toute-puissance est un mécanisme qui cache bien les larves dans son cerveau.

— Des larves ?

— C'était symbolique ! De sombres choses qui le font se voir comme un autre que le vrai, le bon, le doux qu'il est au fond de lui.

— On peut le sauver en l'allumant quotidiennement.

— Mon Grand, je sens ton envie bienfaitrice et surtout très humaniste en ce moment, sauf qu'avant de sauver l'humanité, commence par toi.

– En d'autres termes, sauve-toi toi-même et avise avec les autres après.

– Heureusement que tu es là pour traduire et faire des modes d'emploi !

– On en fait tous, maman en fait avec Rolf quotidiennement, elle en fait dans son travail, moi je vais écrire tout cela et je vous reviendrai plus tard comme une traductrice de rêve.

– Un translecteur des mondes.

– C'est beau…

– Ouais, dedans et dehors cette fois-ci. On tient le bon bout ! »

« Rolf Von, cher ami, comment dois-je procéder avec mon fils face à ses inquiétudes et ses angoisses. Quel trauma a-t-il pu bien vivre et comment dois-je l'aborder ?

– *Quand un enfant cache des choses, c'est qu'un adulte ou une figure d'attachement lui en a donné l'ordre, d'un ordre impératif, même s'il est non-dit. Cet assujettissement soumet à l'enfant à un danger s'il se met à fuiter des idées contre la figure d'autorité. Par conséquent, ton fils était sous l'emprise de son père, légère, mais emprise quand même. Puis l'enfant enfouit cela dans son inconscient, il « s'organise » en quelque sorte, pour ne plus souffrir de ces mauvais souvenirs. Mais dans le cas de ton fils, il se souvient, là est tout le problème de ces fameux HP qui ont une mémoire photographique, une mémoire sensorielle surdécuplée, une mémoire chiffrée, quasi chronométrée, une mémoire neurologique ultra sophistiquée, une mémoire des enregistrements de tout ce que son cerveau a bien pu vivre. Ils sont d'ailleurs « encombrés ». Donc trauma il y a, mais sur un HP... donc cela complique d'autant plus le côté crypté. Seuls les gens qui savent s'y prendre peuvent les faire parler et soulager leur espace de disque dur pour* relire avec eux les mots ou événements qu'ils auraient dû effacer ou mettre en version invisible, comme c'est le cas chez les autres traumatisés. Les hauts potentiels, eux, ont simplement… crypté ces mots dans le livre de leur vie, toutefois ils savent comment y accéder. C'est d'autant plus dangereux ou ennuyeux : ils ont des accès, des clés, bien que cela soit codifié. Les traumas imposent des effacements de mots et des mots au contraire surlignés à jamais dans le disque dur. Les mots surlignés du trauma ont été mis dans une boîte spéciale pour ne jamais être oubliés, le cerveau fait bien ses affaires pour ne pas revivre la situation. Enfin… normalement, car certains individus revivent d'autres traumas identiques au fil de la vie. Pas toujours. En revanche, progressivement, le cerveau se souviendra d'autres choses qui sont concomitantes, ce qui est fort dommage. Donc avançons secrètement, délicatement, accompagnant. Tu as bien fait de ne pas avoir l'air choquée, ennuyée, mais juste être présente. JE SUIS LA… est le meilleur message que l'on puisse donner à une personne qui émerge d'un traumatisme ou qui ose en parler, même longtemps après. Ensuite, il semblerait qu'il faille mener tranquillement la personne à l'action. « Je suis là et je prends le relais pour avancer au-devant de ce que tu pourras faire… en toute sécurité ». Enfin, le sommet sera vibratoire, sauf que les humains ne s'en rendent pas compte. Si j'ai orienté profondément sur ce niveau-là ton fils, c'est qu'il a besoin d'être acteur, sur lui-même et sur autrui, sans que cela le perturbe trop. Donc ce soir, va le voir et tente de lui résumer un « *je suis là* » compétent de maman aimante que tu as toujours été, de sorte qu'il te livre ce dont il a envie, sans plus, sans forcer, simplement parce qu'il n'est plus en insécurité, ni un enfant en plein traumatisme, ni en présence de son père. Si cela avait été le cas, on aurait dû tout bousculer pour le remettre en... sécurité. Même parfois de manière violente : pour les enfants qui subissent encore, il faut les en extraire, les arracher aux emprises de la soi-disant personne maltraitante. Sauf que les humains se trompent parfois de cible.

– Quelle complication, Rolf ! Vais-je être à la hauteur ?

– *Tu l'as toujours été. De quoi as-tu peur ?*

– Peur de mal dire, d'être trop brusque, de passer à côté, peur de ne pas avoir été là, peur...

– *Je t'arrête tout de suite ! Rien ne s'est déroulé sous ton toit !* Donc, à ce jour, tu as toujours été protectrice et sauveuse pour lui, la mère dont les humains pourraient rêver. Arrête de te maltraiter, tu as été présente. Et tu l'es encore malgré leur âge de « grands poussins qui ont poussé ».

– Je sais... mes poussins... ils ont si vite poussé... et moi je n'ai pas su le protéger.

– *Si, car tu t'es organisée pour que le père les désinvestisse et tu as dit stop quand il le fallait. Ton fils va bien. Il sera meneur, sauveur, créateur, guérisseur, âme ouverte en partance de la Terre avec bonheur.*

– C'est beau ce que tu me dis là. Quelle maman n'aimerait pas se dire qu'elle a fait de son mieux et que son enfant va quitter, le jour J, la Terre avec bonheur. Les humains ont tant de rancœur dans leur cœur à leur décès...

– *Je sais, donc je m'organise pour que, chez vous, cela en soit autrement.*

– Je ne te remercierai jamais assez !

– *Si, tu le fais à chaque acte correctement élaboré, à chaque harmonie dans l'univers apportée, à chaque regard qui te ressemble. Tu es belle dedans.*

– Oh mon dieu, quelle femme n'aimerait pas entendre cela aussi !

– *Non, ce que les femmes actuelles veulent entendre, c'est qu'elles sont belles dehors. Donc, elles investissent des finances, du temps, de l'espace et tellement de folies pour leur paraître, tandis que le seul passeport pour quitter la Terre heureux reste le fondement même de l'individu, son âme et la somme de chacun de ses regards sur la vie.*

– Et que dis-tu à une femme qui ne se trouve pas optimum selon les critères actuels de beauté ou dont le corps change avec les années ?

– *Je lui dis que les paillettes compteront plus que le gras accumulé, que le corps doit rester en bonne santé, mais que, fondamentalement parlant, les critères actuels sont erronés. Qu'il en soit ainsi.*

– Merci. »

Une longue conversation mère-fils fut élaborée, avec douceur, tendresse et béatitude finale de se sentir ainsi entendu, même quand des zones d'ombres ont été découvertes. Car le traumatisme non partagé reste un trauma non résolu, mais aussi non accompagné. Ne pas rester seul en cas de difficulté. Un professionnel parfois y parvient, un parent, un proche, une amie ou un compagnon de parcours. Un arbre, au pire. La nature humaine qui se relie à la nature profonde de la vie poursuit sa route avec plus de justesse que celui qui ne s'y connecte pas suffisamment.

« Oups, voilà mon grand... A table !

– Ah, ces repas que j'aime...

– Je sais, et le menu est abordable. Galette bretonne, encore galette bretonne et cidre à volonté.

– Qu'est-ce qu'on fête ?

– Comme tous les jours, le fait d'habiter en Bretagne !

– On ne risque pas d'oublier ces temps derniers...

– Je sais. Avec le peu de temps dont je dispose et les événements qui viennent de se dérouler, j'ai un peu lâché l'investissement culinaire.

– Avouons, cher frère, que nous n'avons pas pris le relais.

– Ah, enfin une fille qui affirme haut et fort que vous pourriez, en effet, assumer vos fonctions « d'animaux mangeant ».

– D'individus en cours d'incarnation et en progression, chère mère !

– En progression de quoi, mon grand ?

– Mais de nos fonctions culinaires, il nous faut longuement goûter pour affiner nos envies, avant de nous lancer.

– Bla bla bla… mon enfant divague en mâchant.

– Bon, ok Mam's, on va s'y mettre.

– Merci douce, hop hop hop ! Prout à la fin, je suis épuisée.

– Comme toutes les mamans du monde…

– Encore plus celles qui font leur travail de maman en étant présentes dedans et dehors en même temps.

– Même celles qui ne le sont pas sont vite épuisées, tu sais…

– Bon calmons-nous, les enfants, tous à nos galettes !

– C'est de la douce tension, chère mère, celle qui investit l'esprit… avant de se manifester dans l'espace… pour ensuite réaliser le repas suivant. Je serai le premier à le réaliser pour vous le prouver !

– C'est si joliment dit, volontiers, damoiseau des temps modernes !

– Avançons, avançons. Elles sont délicieuses, tes galettes.

– Merci Amandine.

– A ce propos, j'ai rencontré un nouveau damoiseau tout proche de la maison. Pas trop proche, mais assez pour le rencontrer.

– Ton message subliminal est... ma chérie ?

– Est que je suis prête à rencontrer un autre Henri. Je ne le vois pas suffisamment, il n'est pas de mon côté pour toutes les idées.

– Vite lassée, la minette !

– Jason, écoutons-la, tu veux bien ? Et ?...

– Tu te rends compte de ce qui se passe sur la Terre en ce moment ? Les gens ne se croisent plus, ne se touchent pas, salissent leurs pensées mais lavent leurs mains à tire-larigot pour se donner une bonne conscience ! C'est épouvantable !

– Ah, voici le dossier suivant de ma jeunesse familiale. Raconte ton point de vue. Cette pandémie te pèse ? On en a peu parlé.

– Les morts, encore, cela passe, ils vont et viennent, les âmes évoluent, mais les humains qui ne vivent plus en restant vivants, cela m'épouvante au plus haut point !

– Moi, Grand Jason, je t'approuve ! Il est vrai qu'il y a toujours eu des épidémies de la sorte, de la grande grippe espagnole à celles qui ne furent jamais notées, Ce sont des régulateurs, peut-être, des vidanges saines de l'humanité.

– Je pense qu'il vaut mieux ne pas manger dehors avec mes ados, afin qu'aucun voisin ne puisse vous entendre, vous rendez-vous compte de notre discours sur la mort ?

– Quoi, tu es d'accord ! Actuellement, les âmes vivent plus longtemps et moins bien qu'il ne faudrait sur Terre pour leur évolution. Les gens se perdent, c'est la gabegie complète !

– Gabegie ou pas, ma grande, passe-moi le sel. Et…

– Et… je pense que cela suffit, que je vais rencontrer du monde, commencer à organiser des réunions de très petits comités, avec des masques et suffisamment d'hygiène pour ne pas blesser autrui et assumer nos responsabilités. Mais nous allons ouvrir notre porte et recevoir du monde ! Vous êtes d'accord ?

– On a suffisamment de pièces pour en liquider une pour nos réceptions. Aseptisée et bien rangée, cela devrait le faire, qu'en penses-tu ?

– Maman, la ranger sera plus aisé que d'inviter, car je me demande si les gens seront prêts.

– On va se faire un hangard de rencontre, comme des jeunes normaux ?

– Non, Jason, rien n'est normal chez toi et moi, tu le sais, nous sommes beaucoup trop évolués.

– La modestie de ma fille...

– Et de ton fils qui confirme !

– Vous avez besoin de projet, de vie, de partage, c'est normal, alors soit, mettons en place la véranda.

– Non, une pièce annexe sera plus utile, sur la véranda tout le monde pourrait nous y voir.

– Demandons à Rolf l'évolution de cette pandémie et que font les instances sur Terre.

– C'est une bonne idée, car à mon avis, personne ne se rend véritablement compte de ce qui se déroule sous nos yeux ébahis.

– Ebahis ou horrifiés, car les événements de confinement jouent un rôle évident dans le moral des gens, mais l'économie ne s'en remettra guère avant longtemps.

– Vas-y, demande-lui.

– *Bonjour et merci d'être toujours avides d'avoir les informations de fond, nous vous remercions chaleureusement de rester fidèles à votre envie de grandir, comprendre et ajuster le tir de vos pensées. Nous sommes en présence d'autres « amis de là-haut » comme moi, aujourd'hui, pour justement vous faire défiler les informations autrement que sur vos réseaux. Je donne la parole à un guide spécialisé des mouvements sur la Terre en ce moment.*

– *Les décès que vous voyez sont des décès justifiés, car les gens avaient terminé leur cursus et devaient par-*

tir, quitter l'enveloppe corporelle pour cheminer librement sans, ailleurs, autrement. Ce que les humains ne comprennent pas, c'est la rapidité de propagation. En ce moment, nous insufflons chez tout le monde les nourritures célestes nécessaires pour partir au bon endroit, jouir d'un quotidien qui soit suffisamment vibrant pour vous protéger. Certaines personnes n'attraperont jamais le virus, d'autres vont l'avoir et en grandir, avoir peur mais s'assagir, d'autres… guère. Donc avançons. Au niveau planétaire, si nous quittons votre point de vue cérébral, nous assistons à une grande guerre de réseaux qui fusent pour rencontrer le plus de force possible, comme lorsque les guerres s'accumulent. Ainsi, des gens se connectent en quelque sorte à ces réseaux négatifs et surfent avec. Des attentats et des morceaux de guerres civiles s'acheminent de-ci de-là. Pendant la pandémie, pendant les longs mois prochains et années suivantes, d'autres phénomènes sociaux vont s'afficher, comme jamais vous n'auriez imaginé dans vos cervelles de moineaux apeurés. Le fondement même de ce qui vous retiendra sur la planète Terre sera la valeur de vos vies, la valeur d'une plante pour Jason, la valeur des arbres, la valeur de choses très proches. Car toute petite chose est un pan entier de l'humanité. Je m'explique, chaque morceau de vibration est un portail qui permet aux individus de grandir au-dedans, ce sont des vecteurs, même plus que cela, des pans entiers de résumés de l'ensemble. Donc un atome permet à lui seul de passer dans d'autres sphères et atmosphères pour puiser l'entier au-dedans.

Progressez, tenez, nous vous indiquerons le chemin successivement.

— Pourrions-nous indiquer ce qui se passe à d'autres ? Faisant un groupe avec vos ouvertures en quelque sorte ?

— *Pas encore, les gens vont se retourner, ils ne sont pas prêts. Vous avez accès, gardez, notez, cela servira pour l'humanité de demain. Prenez des notes. Qu'Amandine s'organise un mode d'emploi de la vie pendant les pandémies, car cela servira à d'autres plus tard. Pour l'instant, pour vos âmes, votre protection prime sur la diffusion.*

— Parle-nous de la planète Terre : quel est son devenir ?

— *A ce jour, elle progresse trop vite et il fallait réellement freiner les diffusions néfastes pour son égrégore. La surconsommation avide d'avions et autres polluants lui ont rendu un air si triste et métaboliquement défaillant, qu'elle tombe malade en quelque sorte, elle a des soubresauts qui vont s'accentuer, dans des difficultés climatiques, cataclysmiques et autres synonymes qui feront oublier, pendant quelque temps, le fait de se laver les mains…*

— Que pensez-vous de nos petites réunions ? Du fait de nous réunir simplement pour se soutenir ou développer des idées avec d'autres humains ?

— *C'est le moment pour vous de vous réunir et de vous faire plaisir en effet, pour acheminer une plus grande force de vibration à votre devant.* Mais attention de ne pas mettre un chef au-devant de vos idées, elles doivent rester vôtres, tout simplement, vôtres et affiliées à nos idées sans tomber en contradiction. Qu'il en soit ainsi.

— En avons-nous terminé, maman ? Je file demander à ce charmant voisin ce qu'il en pense...

— Je crois que nous n'aurons jamais terminé de tenter de comprendre ce qui se déroule sous nos yeux apeurés. Mais fonce, la réalité nous rattrapera bien assez vite... Et si nous invitions notre voisin boulanger, aussi ?

— Ce sera dans ton groupe, le mien sera plus jeune, tu comprends...

— Lol. »

« Bon, il n'est pas là.

– Cela s'appelle la frustration, ma belle.

– Je sais…

– Comment pourrais-je supporter ma frustration ?

– En faisant des modes d'emploi, il paraît !

– Ah oui, à ce propos, j'ai déjà mis en ligne un certain nombre de recommandations positives pour jouir de la vie, mais rien de trop ostentatoire. Juste de quoi guider les meilleures âmes à se sentir aimées, de loin, par moi.

– Rien que cela !

– Enfin, par l'immensité de ce dont parle si bien Rolf. Tu crois que je peux le citer ?

– Si tu notes que ces infos ne viennent pas de toi ou si tu ne signes pas à la fin, certes, mets-toi au-devant uniquement pour la diffusion. Tu pourrais noter « auteur inconnu » ?

– Non, ce serait mentir. Ami de là-haut ?

– Cela fait un peu perché, mais pourquoi pas.

– Demandons-lui, si tu as du temps.

— Pas vraiment, mais cela vaut le coup de ne pas faire faux sur ton blog à modes d'emploi dès le départ. Donc, cher Rolf Von, que peux-tu nous dire à ce propos ?

— *A quel propos, précise ta question.*

— Il fait celui qui ne nous écoute pas...

— *Non, je fais celui qui recadre vos pensées pour ne pas les ébruiter inutilement.*

— C'est si joliment dit ! Tu vois, Mam's, il a l'art du verbe, lui ! Moi, je ne l'ai guère. Ma question, cher ami de là-haut, est : puis-je te citer et comment t'amener ?

— *Ne pas confondre les informations que vous captez, qui viennent de vos cerveaux, dimensionnés par votre chère Terre et vos limitations à tout vent, et mes dires ! Si tu m'entendais vraiment, tu pourrais me citer, mais tel n'est pas le cas, je le crains. Ce que tu peux écrire en revanche, c'est simplement en te dimensionnant autrement sur ton blog. Il arrive parfois que certains cerveaux traduisent l'Univers, tels des translecteurs de lumière. Que nous dirait l'Univers ou un être spirituel pour cette info ? Il nous dirait... etc.*

— Pas mal comme réponse, même si elle est limitée par le cerveau de ma mère. Car il parlait bien de tes limitations, puisque nous ne l'entendons pas !

— Si seulement je pouvais mieux le capter. Comment puis-je faire pour me rapprocher de toi ?

— *Mais tu progresses ! Lentement mais sûrement, à ton décès on sera tip top raccord !*

— Quelle réjouissance ! Tu parles ! Il me faudra mourir pour être proche de ce que tu me dis.

— *Bon, comme tu vas vivre âgée, on a le temps !*

— Lol, Dieu qu'il est drôle ! Moi, je trouve cool de savoir que tu vivras vieille, pour nous c'est un plus, tu sais !

— Merci ma chérie, c'est rassurant de savoir que je ne suis pas uniquement un poids.

— Non, ça, c'est réservé aux belles-mamans !

— La mère de ce garçon ne semble pas charmante ?

— Pire que cela, acerbe et méchante.

— On fera un mode d'emploi : comment supporter les méchantes !

— Maman...

— Oui, je sais, je vais trop vite. Mais, je plaisantais autant que toi, ma chérie.

— Bon, futur mode d'emploi, la pandémie, cela progresse à la vitesse du vent, loin de ressembler à celle de la grippe espagnole tout de même qui a décimé tant de millions de gens, peut-être plus de 100 si mes souvenirs livresques sont bons ! Donc que faire.

— Précise tes questions, il nous a prévenues.

— Ah oui : lors de la pandémie, que prévoir en tout premier lieu ?

— *Pour nous, avant tout, il serait bon de prévoir de vibrer, mais pour vous, avant tout, de vous protéger, voir peu de monde et attendre que la majorité de la population soit immunisée.*

— Ce n'est pas très sympa pour les œuvres collectives, ça...

— *Les œuvres collectives, comme tu le dis si bien, sont des œuvres de consciences collectives. Ces gens ont besoin d'œuvrer à travers des actions groupales pour récupérer un bout de leur âme, de leur fond. Une fois que cela reste fait, les âmes deviennent plus autonomes, ce qui est votre cas. Mais peut-être ne dois-tu pas le noter, cela serait insultant pour tous ceux qui se donnent à fond du point de vue de leur âme au sein de cette pandémie meurtrière tout de même.*

— De ton point de vue, c'est quoi ces âmes qui meurent, ce côté décimé de l'humanité ?

— *C'est une bouffée d'aération, tout bonnement, il y avait trop de monde ! Parfois, il faut de bonnes grippes espagnoles, tu sais.*

— Cela fait partie du programme ?

— *Parfois oui, parfois non, sauf que les jeux des humains ont fini par jouer avec des virus dangereux et donc ils ont aussi eu une action dans celle-ci.*

— Comment ?

— *Certains laboratoires brassent des substances dangereuses et d'un coup le tout flambe. Toutefois, n'oublie pas que chaque crise est un portail vers plus de lumière potentielle. Utilison-la. Et comme la régulation de l'humanité était devenue hors normes, pour commencer, écris des choses positives, sereines et non anxiogènes, tout simplement. Des choses comme : Au fil des semaines de confinement, nous devons revisiter nos vies, savoir si nous considérons autrui correctement, si notre personne est à la juste place et si notre famille bénéficie de la meilleure version de nous-même. Le pan relationnel est à retravailler, parfois pour nous sentir « meilleur dedans ». Tout ce qui vous rendra heureux « dedans », lumineux dans vos pensées, sera formidable. Au lieu de visiter et revisiter la Terre au-dehors, visitez-la au-dedans, au fond de votre cœur et non en la salissant. Avancez tranquillement avec la certitude que, parfois, des virus se propagent, mais que jamais cela n'a décimé l'intégralité de l'humanité, donc advienne que pourra.*

— Là, tu n'es pas très rassurant. Les gens ont peur de la mort... tu sais.

— *Là est justement toute la différence avec tous ceux qui vont se donner corps et âme pour éviter tout décès et ceux qui vont simplement assumer les décès, ma grande.*

Ceux qui assument et acceptent que le fait de mourir n'est pas grave, mais juste un changement d'état et de forme de VIE, accepteront le départ de certains de leurs proches pour mieux grandir au-dedans. Ceux qui refuseront feront de grandes dépressions, se fermeront et refuseront d'évoluer « au-dedans ». Ces gens-là donnent leur énergie pour secourir tout le monde et éviter à tout prix qu'ils ne meurent.

– Vu comme cela, l'humanitaire ne te semble pas trop profitable ?

– *L'humain, pire, l'homme blanc, ressemble à un mini dieu qui aime se faire aimer parfois par de tels programmes. Mais une fois décédé, il ne semblerait pas que nous lui accordions l'immense crédit qu'il présume, tu sais. Nos critères post-mortem sont quelque peu divergents des vôtres. Nous lui dirons qu'il a bien œuvré pour autrui, mais comment a-t-il décidé de grandir lui-même face à la mort et au chemin de toutes les âmes en cours ? Changer le cours des âmes en les forçant à vivre à tout prix, parfois dans la misère, n'est pas une très belle grandeur d'âme, tu sais.*

– Ouhaha... Maman, mon blog ne fera pas que des heureux !

– Parfois, il faut savoir choisir de dire ce que les gens ne sont pas prêts à entendre. Mais ce que Rolf a éclairé est capital, finalement, pour mon travail aussi et tous les systèmes hospitaliers. Car si je ne vous en parle pas trop, mes chéris, sachez que tout ce qui se passe en ce moment est pure folie au sein des hôpitaux.

— J'imagine... tu as besoin d'en parler ?

— Non, il m'a éclairé. Soigner ceux qui doivent vivre est capital. Apaiser les décès par de bons soins palliatifs aussi. Merci Rolf, on avance ici et on sécurise ailleurs. Voili voilou. Je fonce, ma belle ! Parfois il faut savoir mettre en priorité le concret, explique aussi cela dans ton blog. Juste « spiritualiser » et ne pas nourrir ses enfants ou trop planer au point de ne pas aller travailler doit être un sacrilège quelque part, n'est-ce pas, Rolf ?

— *Il suffirait que tu stoppes ton travail et ton rôle de mère trois jours pour qu'ils s'en rendent tous pleinement compte ! Point trop besoin d'argumenter là-dessus...*

— Alors, bonne journée, chère Mère ! Heureusement que nous t'avons, tu sais.

— Je sais, je sais... Jason ! Mon grand, prends le relais pour les modes d'emploi de ta sœur, elle est frustrée.

— De quoi ?

— Ciao, Mam's ! Pars vite. Mais, voyons, Jas', du voisin qui n'est pas là !

— Je sais, il est parti avec ses potes faire un tour de quartier pour rendre service.

— Ah, je vois.

– Tu crois qu'il faut que j'aille les accompagner ?

– Tout dépend de ton point de vue sur la mort, mon cher…

– ?

– Je t'explique… Mais malgré tout, j'irais bien les accompagner la prochaine fois.

– Cela sent le travestissement de l'âme…

– Cela sent le « Je m'ennuie et j'ai trop d'hormones » ! Rolf n'en a plus, lui ! Il ne comprendrait pas.

– Oh que si, à mon avis ! Un homme aussi fier et crunch que lui… comprendrait à 18'000 %.

– Comment ça ?

– Tu ne te rappelles pas son côté si tenace, adorable, ultra présent, parfois insolent, charme et tutti quanti de l'humain certes réalisé, mais qui a gardé de belles parcelles de personnalité ? Il doit être puni, pour nous garder ainsi en pâturage cosmique !

– Jas' ! Voyons ! Il est si prenant, charmant, certes, mais avec de si belles explications !

– Moi, je te dis qu'il se marre quand il nous regarde, mais parfois il crâne un peu. Soit c'est une parcelle de mon âme qui transgresse la vision et lui donne une allure de one man show pour lui donner corps, version Walt Disney, genre génie d'Aladin, soit c'est lui qui a de bons vieux restes du « bon vivant » qu'il était !

– Ou les deux, mais tes références étant si limitées, je comprends ton point de vue.

– La littéraire a parlé... Cela avance, tes études ?

– Je ne suis pas en lettres ! Je structure, je structure.

– Les espaces et le temps, je sais. Progresse, ma grande, je vais au jardin.

– Ils m'énervent tous à être aussi occupés ! Je m'eeeeennuiiiiiie... »

✦

« Blog 48 : Avec le temps qui passe, avec les informations négatives, avec tous nos amis qui sont ultra occupés et l'interdiction de se réunir, voire quasiment de sortir, comment pourrions-nous sincèrement passer nos journées autrement qu'en travaillant nos études et en surfant sur le net à débiliter nos neurones en regardant des séries ? Je vous le demande ! Je me questionne. J'appelle mon âme. Que pourrait-elle créer de plus fun que surfer ? Au fond de mon cœur, je sens que cette humanité va désespérer bien au-delà de notre imaginaire, donc : amis de mon blog, tenez le coup ! Trouvez des multitudes d'activités à l'interne, avec vos outils, vos bricolages, votre jardin ou balcon et votre espace de vie, tentez de créer. Que pourrais-je faire face à l'ennui ? Car je vous le dis officiellement : je m'ennuie ! Juste travailler mes cours, et ensuite faire à manger, comment pourrais-je m'épanouir ainsi ?

Et bien, ce que je vous propose sera un parcours Vita de l'étudiant, non pour vous muscler, car ce n'est pas ma première spécialité, mais bien pour vous OCCUPER ! Premièrement, passez votre temps à assumer vos tâches primaires, celles qui sont pénibles, elles ne devraient pas vous prendre trop de temps. Hygiène, nettoyage, rangement, assainir l'espace, aérer pour bien séjourner. Car si vous oubliez cette dimension de propreté de votre corps et de votre espace, cela sera le début du rien du tout ou du « moins bien » de votre quotidien. Le no man's land se rapprochera de votre conscience au point de l'effleurer de sa puissante chute astronomique potentielle, ne lui allouez pas une telle possibilité !

Maintenant que c'est fait, que puis-je faire pour m'amuser ? Repenser à chacun de mes contacts et lui envoyer le plus fun de mes pensées, le plus drôle ou simplement la plus belle lumière intérieure. Alors certes, ils vont flipper, ils n'en ont pas l'habitude, mais qui sait, peut-être peut-il aussi se créer un lien unique qui aura eu son utilité, tandis que nous sommes tous littéralement séparés. Peut-être les prévenir que vous vous ennuyez, car finalement, il y a de grandes chances que... eux aussi.

Quoi d'autre ? Travailler mes abdos-fessiers, un peu les bras, ne pas rester total-mollusque pour le jour de notre sortie. Car je vous le dis, nous verrons vite ceux qui se seront laissés aller durant le confinement et qui auront mal mangé, rien musclé. Pouah, pas de cela chez moi !

Nous aurons des amis qui auront pris du poids, baissé leur immunité, donc prenez les choses en main ! Regardez, surfez à volonté sur les sites qui boostent l'immunité. Cela fait un peu mémère, ce que je vous dis là, mais c'est un fait : si nous résistons, nous serons la race de demain ! Autant faire honneur à nos voisins, amis, cousins et familles étendues, autant faire plaisir à voir que pitié !

Enfin, et cela sera déjà bien pour notre commencement aujourd'hui, ne vous prenez pas trop au sérieux, tentez de vous faire sourire, tentez d'être drôles, de regarder au fond de votre cœur ce qui vous faisait sourire durant votre jeunesse, les années d'avant, ce qui vous rendait heureux, heureuse, comment redimensionner ce fait, simplement. C'est un gros morceau de notre humanité, l'humour, vous savez. Si nous prenions une bonne demi-heure par jour pour simplement nous demander comment plus sourire, comment nous réjouir, nous serions tous plus rayonnants ! C'est un effort à redimensionner dans nos journées. La demi-heure de détente-sourire obligatoire, suivie de celle de la gratitude. Tentons… et je vous rejoindrai demain ! »

« Nous avons décidé de nous faire plaisir aujourd'hui !

— Comment Dame Mère voit-elle cela ?

— Au retour de mon travail, j'ai pensé que notre vie avait une allure splendide et que nous méritions le meilleur.

— Rien que cela ?

— Amandine, sois sincère, comment peux-tu critiquer la chance que nous avons, sur Terre, dans un corps de chair, chez nous, en ce moment ? Il y a de pires karmas, me semble-t-il.

— C'est clair, mon frère pourra te le confirmer. Et… ?

— Et… j'ai décidé de m'amuser, de me faire plaisir, de changer de destinée, de m'organiser autrement, je ne sais pas. Il faut changer parfois !

— Tu veux déménager encore une fois ?

— Non, la Bretagne, c'est trop parfait pour changer de cadre. Je voulais te parler de mes pensées et de vous. Nous avons tellement grandi tous les trois, tellement changé avec Rolf que prochainement nous devrions vivre autrement, plus rayonnants, plus calmes dedans, plus chantants dehors, tu vois ?

– Je vois bien. J'adhère et j'accepte.

– Et donc, je me suis dit que, ce soir, cela serait le top du must de la semaine. Bon repas, belles pensées, beaux partages, je vous aime tellement ! Maman vous aime, tu sais ?

– Je sais. Moi aussi, tu le sais aussi ?

– Oui, donc avec autant de candeur, de bonheur, avançons et soyez proches et prêts à affronter les carences, les manques et tout ce qui risque de changer si la société s'effondre autour de nous et si l'économie ne nous permet plus de tout avoir à disposition.

– Et comment vas-tu faire cela ?

– En m'aimant, quoi qu'il advienne, en vous aimant, quoi qu'il advienne, en appréciant chaque détail de notre quotidien quand il sera chatoyant. Tu sais, manger deux châtaignes venues directement de Dame Nature pourrait faire le même effet qu'un repas congelé, si on se relie à l'essence même du nutriment, si l'on y voit la lumière dedans, si l'on repense à tout ce que la Terre nous a permis de consommer depuis notre premier souffle. Franchement, je sens qu'un tournant arrive au fond de mon cœur.

– C'est cela, tu es prête à vivre avec moins, mieux et plus longtemps.

— Pourquoi plus longtemps ?

— Mais pour faire la téléphoniste pour tes enfants avec l'au-delà, tu comprends, le taxi intergalactique et la traductrice ! C'est tellement plus fun « dedans » depuis que Rolf t'envoie ses bons présages et ses notes d'analyse de notre humanité.

— Je sais, quelle chance nous avons de l'entendre.

— Et là, il nous dirait quoi ?

— Directement, là comme cela ?

— *Bonjour bonjour, mes deux précieuses, quel bonheur de vous entendre batifoler sereinement et de vous voir rire ensemble. Je sais que la période est peu propice aux réjouissances, mais un certain pourcentage de la population mondiale va grandir dedans prochainement, donc attendez-vous à avoir plus d'amis, après la fin de cette pandémie qu'avant, c'est ainsi. Je vais vous donner le tempo, le rythme, la grandeur utile et le bon sens pratique, mais ce que je ne vous donnerai jamais, vous m'entendez, c'est l'amour que vous ressentez les uns envers les autres. Jamais je ne pourrai vous faire vous aimer vous-même ni entre vous. Et, plus important encore que ce lien avec moi, ce sont vos émotions qui vont vous guider vers un au-delà sérieux et bénéfique pour la multitude, comme pour vous. Si j'avais un dernier message à vous donner, admettons que je ne sois plus en lien avec vous désormais, ce qui ne sera pas le cas, cela serait ceci : avec le temps, vous aurez encore des hauts et des bas, acceptez-les, regardez-les avec amour et bienveillance, ils vous indiqueront le chemin, ils vous guideront. Trop de bas revient à dire que vous avez perdu la lumière dedans, trop de haut n'existe pas. Sauf dans certaines pathologies que vous ne vivrez pas. Donc prenez bien soin de vous, de votre lumière, de votre dedans, et quand vous vous ennuyez, que vous avez des peurs, c'est que vous avez perdu la lumière intérieure. Retrouvez-la, cherchez-la, inspirez-la, respirez-la, joignez la nature à votre dedans et le tour sera joué. Je suis et resterai, comme tous vos amis de là-haut, une présence bénéfique. Parfois les humains ne nous entendent pas, mais nous sommes là, continuellement à vous guider pour une lumière franche au fond de vos personnes. Raison pour laquelle il vaut mieux nous parler, même si vous n'entendez pas la réponse.*

– Merci Rolf, et heureusement que nous avons ta lumière aussi en plus des nôtres.

– Maman, je crois que je viens de comprendre ce qu'il veut dire.

– Oui ?

– Ce qu'il tente de nous inspirer, c'est que nous sommes les créateurs de l'univers, et des suites de la Terre. Nous sommes des diffuseurs de lumière, par conséquent si nous l'inspirons suffisamment, nous resterons allumés « dedans » aussi longtemps que l'humanité existera. Ainsi, mon travail, ma mission sont enfin tout trouvés !

– C'est juste, ma douce, nous sommes de grosses lucioles dedans et avons le devoir de briller autant que faire se peut, pour ceux que nous croiserons, pour notre propre réjouissance dedans.

– Et bien voilà qui est bien dit. Parcourons le monde intérieur et soyons !

– « Être ou ne pas être »… je comprends !

– « Être » revient à dire s'allumer dedans et donc redéfinir notre vie et surfer sur un brin de lumière à chaque instant.

– Je sais, on va surfer dessus, dedans, car chaque brin de lumière doit être un genre de portail au-delà de l'au-delà.

– Chevauchons le brin !

– Une petite raclette, ma luciole ?

– Seulement si tu as des cornichons ! »